Vorwort

Nichts ist für die Ewigkeit!

Es ist gut, dass der Mensch
es sich nicht täglich bewusst
macht, dass sein Leben
schon von Beginn an tödlich
enden wird.
Denn die Angst vor dem
Tod könnte sich sehr läh-
mend auf das noch zu
lebende Leben auswirken.
Und so gibt er Gas, in all
den Jahren in denen er fit
und jung ist und wird sich
erst im letzten Viertel seines
Daseins bewusst, dass er alt
geworden ist.

Es kommt eh, wie es kommt!

Und eines Tages stellt der Mensch fest, dass er alt geworden ist. Und er denkt, wo sind all die Jahre hin? Und wie werden die noch vor mir liegenden Jahr wohl aussehen. Und dann stellt er fest, dass sehr viele Gedanken und Ängste, die sich in all den zurückliegenden Jahren in seinem Kopf breit gemacht hatten nicht so eingetreten waren, wie von ihm erwartet.

Und dann denkt er im Alter, das eh alles kam, wie es kam, ohne dass er wirklich Einfluss darauf nehmen konnte.

Und dann denkt er, dass er die letzten Jahre seines Daseins einfach auf sich zukommen lassen sollte, denn es kommt eh, wie es kommt.

Doch oft reichten sein Wissen und seine Erfahrung dann doch nicht aus, um es einfach geschehen zu lassen. Und so schmiedet er noch für sein Alter Pläne, die ihn vielleicht auch davon ablenken sollen, was das Leben wirklich mit ihm vorhat.

Und so verschließt er abermals die Augen und denkt sich Dinge aus, wie er die verbleibenden Jahre noch rumbringen könnte. Und er denkt, dass er noch fit und jung genug ist, um all diese Pläne umzusetzen, denn schließlich hat er jetzt die Zeit dafür, denn längst kann man ihn dort draußen in der Berufswelt nicht mehr gebrauchen.

Auch Gustav hat noch Pläne. Er erinnert sich an seine Jugend, an Woodstock, Liebe und Glückseligkeit. An Drogen, heißen Sex und eben so heiße Musik. Und er beschließt die paar Monde, die ihm noch zur Verfügung stehen, als Don Juan durch die Welt zu ziehen, um all das nachzuholen, was er sich früher nicht traute zu tun. Oder um all das nachzuholen, was er früher versäumte, weil er Verantwortung trug und gebraucht wurde.

Sorge

„Sie sollten ein wenig auf sich achten", meinte der
Arzt als er mit Gustavs Vor- bzw. Nachsorge Unter-
suchung fertig war. „Sie beherbergen mehrere Risi-
kofaktoren in sich: hoher Blutdruck, Diabetes Typ
2, zu hohes Cholesterin, Übergewicht, Bewegungs-
mangel usw.!"
Einen Faktor hatte er möglicherweise übersehen:
nämlich das Leben!
Für Gustav war dieses Leben immer schon lebens-
gefährlich gewesen und es endete jedes Mal mit
dem Tod.
Dem Ratschlag seines Arztes, seine Ernährung
umzustellen und dies oder jenes nicht mehr zu tun,
mochte er nicht folgen.
Gerade jetzt nämlich fiel Gustav eine Sendung mit
Dieter Nuhr ein, in der er sich über eine gesunde
Lebensart ausließ. Fazit seiner Ausführungen war
letztlich, dass es doch eigentlich blöd ist, wenn man
auf all die angenehmen Sachen im Leben verzichtet,
nur um gesund zu leben, um damit sein Leben zu
verlängern. Das dumme an dieser Geschichte sei ja,
dass man, wenn es einem tatsächlich gelänge das
Leben zu verlängern, die dazugewonnenen Jahre
hinten angehängt bekommt. Quasi so kurz vor dem
Lebensende, welches ohnehin schon lauert.
Also dann, wenn man möglicherweise aus unerklär-
lichen Gründen nicht mehr so lebenslustig daher-
kommt, weil irgendetwas immer weh tut, obwohl
man doch so gesund gelebt hatte. Man bekommt
die Jahre hinten angehängt, wenn man eh keine
Lust mehr hat, weil die die angeblich nicht so
gesund gelebt hatten schon dahingegangen waren.
Es gibt keine Ansprache und der Mensch, auch der
ungesund gelebt hat, wird komischerweise ebenfalls alt. Und zwar so alt, dass das Leben an einem

Impressum

Bibliographische Information
der Deutschen Nationalbibliothek:

Die deutsche Nationalbibliothek
verzeichnet diese Publikation in
der Deutschen Nationalbiblio-
grafie, detaillierte bibliografische
Daten sind im Internet
über dnb.dnb.de abrufbar.

© 2021 Jürgen Bahro
1. Überarbeitete Auflage
20.08.2021

Herstellung und Verlag
BoD - Books on Demand
Norderstedt

ISBN: 9 783 754 339 848

vorübergeht, weil man wegen der vielen Gebrechen nicht mehr daran teilhaben kann.

Im Übrigen hatte Gustav bis hierher ein schönes Leben und brauchte den Tod nicht fürchten. Und ja, er stand am Anfang zum Altwerden.
Altwerden auf eine Art, die er sich eigentlich so nicht wünschte. Ein Altwerden mit immer neuen Zipperchen und Gebrechen aller Art.

Nein, dieser Gedanke mochte ihm nicht gefallen und so warf er alle Bedenken seines Arztes über Bord und beschloss das noch verbleibende Leben in Saus und Braus zu verbringen:

Drogen, Sex und Rock'n'Roll und dann mit Schwung ab in die Kiste! - So war der Plan.

Gustav fand diese Idee so aufregend, dass er sich sogleich auf den Weg zu Johanna machte, um ihr davon zu berichten.
Johanna war eine alte (alt, nicht nur wegen der Länge ihrer gemeinsamen Bekanntschaft) Freundin, bei der er sich ab und zu zum Kaffeetrinken einlud. Außerdem stand sie so ein wenig auf ihn, ohne jemals allerdings „mehr" zu wollen. Sie war der Meinung, dass eine gute Freundschaft viel mehr wert sei als eine Beziehung, in der es eh nur um Sex ginge. Also hatte sie keinen Sex mehr und fand das wunderbar! Was Gustav allerdings etwas wundersam fand, denn schließlich könnte man(n) mit ihr durchaus noch etwas anfangen.
Aber wie gesagt, bisher verweigerte sie sich immer. Und deswegen war er gespannt, wie sie sein neues Lebensmotto aufnehmen würde.
Wie immer, oder bescheidener gesagt, wie meistens, freute sie sich über seinen Besuch.

Zu Gustavs riesigen Überraschung, schnappte sie seine Hand und zog ihn, nach dem ihr sein neues Lebensmotto bekannt gemacht wurde, hinter sich her, direkt in ihr Schlafzimmer.

Äh, Moment mal, das mit dem „und dann mit Schwung ab in die Kiste" hatte er sich irgendwie anders vorgestellt. Die von ihm gemeinte Kiste war circa zwei Meter lang, sechzig bis fünfundsechzig Zentimeter breit und etwa gleich hoch. Und sie würde irgendwann einmal fast zwei Meter tief im Erdreich verschwinden.

Die Kiste in der er jetzt lag, war zwar auch gut zwei Meter lang, dafür aber wesentlich breiter und befand sich über der Erdoberfläche.

Als er Johanna über ihre falsche Interpretation seines Slogans versuchte aufzuklären, sagte sie nur, dass da doch auch was von Sex mit drin war. Und da sie schon lange (was ihm ja ausreichend bekannt war) keinen Sex mehr gehabt hatte, fand sie, dass Gustav damit gleich mal bei ihr beginnen könnte!

Außerdem machte sie sich schon ganz eifrig an seinem Reißverschluss zu schaffen.

„Was suchst du denn da?" fragte er sie leicht irritiert. „Ja, deinen Pimmel, das ist das Ding, mit dem man Sex macht! - Du hast doch so einen, oder?"

Konnte schon sein, dass er so einen hatte, obgleich er ihn wegen seines dicken Bauches schon Monate lang nicht mehr wirklich zu sehen bekam. Und natürlich würde sie das Ding jetzt auch bestimmt nicht finden. Denn schließlich gibt es da einen großen Unterschied, zwischen ein neues Lebensmotto auszurufen und dann auch danach zu leben. Außerdem war er immer noch total perplex ob dieses plötzlichen Übergriffs. Irgendwie kam er mit dieser Situation nicht zu recht. Es schien, als ob sein Unterbewusstsein den Schwanz eingezogen hatte!

Er machte Johanna klar, dass es für ihn unmöglich war, so einfach mit ihr und mit Schwung ab in die Kiste zu springen. Erstens fehlte ihm da die Romantik und zweitens hatte er sich in seinen heimlichsten Träumen etwas anderes eingebildet, um sie ins Bett zu kriegen.

Dass es sich bei der ganzen Sache ohnehin um ein grobes Missverständnis handelte, was die Kiste betraf, behielt er lieber für sich.

Und, was ihm auch noch wichtig erschien, war sie darauf hinzuweisen, dass die nötigen Drogen fehlten. Das meinte er ja nur, weil sie es doch so ernst mit seinem Lebensmotto nahm...

Außerdem und das behielt er auch für sich, hatten Drogen die Eigenschaft, die Partnerin äußerst hübsch erscheinen zu lassen.

„Hast du Drogen?", fragte er sie. Nein, natürlich hatte sie keine Drogen! „Aber du kannst ein Bier haben."

„OK", ist ja irgendwie auch ne Droge.

Nach dem dritten Bier wurde er mutiger. Gustav fragte sie, was sie denn nun so plötzlich veranlasst hatte mit ihm in die Kiste zu springen. Denn immerhin hatte sie sich all die Jahre davor sehr zurückgehalten.

Sie war wohl ganz plötzlich dahintergekommen, dass man nicht so viele Gelegenheiten auslassen sollte, wenn es darum ginge noch etwas Spaß zu haben. Denn im Alter käme die nicht mehr im Minutentakt.

Also nahm sie ihn abermals an die Hand und zog ihn, dieses Mal ein wenig sanfter, in ihr Bett.

Sein Widerstand war nun auch nicht mehr so groß, denn drei Biere ließen Johanna irgendwie reizender aussehen.

Trotz aller Bemühungen ging dann aber doch

nichts so richtig zusammen, denn sie erschien ihm, genau wie er selbst auch, ein wenig betrunken zu sein.

In Gedanken und der einen oder anderen Situation konnte er sich noch sehr gut daran erinnern, wie es gehen könnte. Aber ehrlich gesagt, scheiterte es schon daran, dass er wegen seiner Ungelenkigkeit nicht so richtig auf sie draufkam. Oder besser gesagt, nicht sehr elegant auf sie draufkam.

Und als er es endlich geschafft hatte, schien der Bauch viel zu dick zu sein oder das Ding mit dem man Sex machte, viel zu kurz, sodass die Annäherungen nur annähernd zu Stande kamen.

Eine gemeinsame Freundin von beiden erzählte ihm ein paar Tage später, dass sich Johanna nach langer Zeit mal wieder auf einem Mann eingelassen hätte. Sie sei wohl zu dem Urteil gekommen, dass man beim Sex mit alten Männern Abstriche machen müsste. Diese Aussage verstand er nun überhaupt nicht. Hatte sie es doch an diesem Abend bei ihm des Öfteren erfolglos versucht.

Wahrscheinlich hatte sie sich auch nicht genug Mühe dabei gegeben. Das schloss er daraus, weil sie ihn noch fragte, als er endlich neben ihr auf der Bettkante zu sitzen kam: „Weißt du eigentlich, dass Frauen sich die Männer schön saufen?"

Nach so viel Ehrlichkeit und beruhend auf der Tatsache, dass die beiden sich schon so lange kannten, schlug Johanna vor, es in ein paar Tagen noch einmal zu probieren, denn möglicherweise läge es nur daran, dass beide etwas aus der Übung waren. Denn sie fand sein Motto ziemlich spannend. Spannend insofern, ob Gustav es wirklich eines Tages jemals ausleben konnte.

8

Für heute sei es aber gut, denn schließlich konnten sie schon zwei der vier Punkte abarbeitet:
Sie hatten sich besoffen, also unter Drogen gesetzt und sind mit so viel Schwung, wie es eben noch ginge, in die Kiste gehüpft.

Vielleicht hatte das mit dem Sex auch deshalb nicht so toll geklappt, weil sie vergessen hatte Musik laufen zu lassen.

Das wiederum erschien Gustav nun sehr plausibel.

Hatten die damals bei ihrem Rock'n'Roll nicht den Hüftschwung erfunden?
Er glaube da war doch so etwas.

Also er war auf jeden Fall mit seinem Einstieg in sein neues Leben sehr zufrieden. Nicht zuletzt deshalb, weil es noch ausbaufähig war.
Und er hatte nach all den Jahren Johanna rumgekriegt. Mensch was war er doch für ein toller Hecht!

Dazu schien sie fest entschlossen zu sein, ihn oder zumindest Teile von ihm tatkräftig zu unterstützen.
Es konnte ja nur noch aufwärts gehen!
Selbst wenn beide ein paar Biere benötigten, um sich gegenseitig schön zu finden!
Für den Heimweg bestellte sich Gustav ein Taxi.
Er hatte vor lauter Glückshormone vergessen, in welcher Seitengasse er sein Auto abgestellt hatte.

Er wusste aber auch nicht, ob der Taxifahrer ihn wirklich verstehen konnte, als er ihn fragte, ob er nicht zufällig „Born to be wild" in seinem Autoradio hätte? Leider hatte er es nicht. Doch das war Gustav nun ziemlich egal. Er sonnte sich in seinem Erfolg als Frauen-flach-Leger.

Hammerhart

„Ja", sagte Johanna, als Gustav ihr von seinem letzten Erlebnis auf dem Sportplatz erzählte.
„Das ist hammerhart! Du bist einfach ein toller Typ. Das ist genauso hammerhart, wie es dein bestes Stück vor ein paar Tagen war, als wir uns am Sex probierten! Vielleicht sollten wir doch zuerst mal richtig trainieren!"
Gustav war etwas gekränkt, als sie seine Künste in der Kiste mit seinen Fähigkeiten auf dem Sportplatz verglich und dann auch noch zu dem Schluss kam, dass beides Sch... war!
Dabei wollte er es seinem vorlauten Enkelkind doch nur zeigen, dass der Opa immer noch was als Fußballspieler draufhatte. Schließlich wurde er noch vor ein paar Jährchen, es mögen vielleicht dreißig gewesen sein, von seinen Gegenspielern gefürchtet, weil er so einen hammerharten Schuss draufhatte. Also stellte Gustav den Kleinen ins Tor und sich vor, wie er den Bengel mitsamt dem Ball durch die Maschen des Tores ins weite Oval des Stadions schießen würde. Denn schließlich ärgerte der Enkel ihn jedesmal, wenn er ihm den Ball durch die Beine schoss oder ihn schwindelig spielte. Außerdem war er wieselflink und zeigte keinerlei Respekt vor einem so erfahrenen Haudegen, wie es sein Opa nun einmal war. Schließlich hatte er, der Opa, ja erst kürzlich noch Johanna flachgelegt!
Aber damit mochte er jetzt nicht vor seinem Enkel angeben. Nein er wollte ihn mit einem hammerharten Schuss ins Nirvana schicken!
Gustav legte sich den Ball etwa zwanzig Meter vor dem Tor auf den Rasen. Schließlich war es noch vor ein paar Jährchen seine Spezialität Freistöße aus dieser Entfernung sehenswert im Netz zu versenken. Und heute würde sein Enkelkind an diesem

Ball dranhängen und gen Norden fliegen, um die Sonne zu putzen! Gustav war sich sicher, dass nur ein kurzer Anlauf ausreichen würde um den hammerharten Schuss anzubringen.

Es war eine unglaublich geschmeidige Bewegung, die gleich zwei Gefühle in sich verschmelzen ließ. Zum einen merkte Gustav wie sein Fuß unten den Ball genau traf. Zum anderen merkte er fast synchron, wie ein stechender Schmerz seinen hinteren Oberschenkel zerriss. Wahrscheinlich ein Muskelfaserriss, schoss es ihm durch den Kopf. Das war schlecht, denn schließlich wollte er es Johanna heute Abend nochmal so richtig zeigen. Aber nun war er gehandicapt und sah einen ähnlichen Erfolg, wie den vor ein paar Tagen, davonschwimmen. Außerdem würde es ihm jetzt sehr schwerfallen, seinen Enkel dort irgendwo hinter dem Tor aufzusammeln, wohin ihn dieser hammerharte Schuss katapultieren würde!

Mit schmerzverzehrtem Gesicht beobachtete Gustav die Flugbahn des Balles. Flugbahn war wohl eher geschmeichelt! Der Ball rollte über den Rasen. Bereits beim Passieren des Elfmeterpunktes verlor er vehement an Geschwindigkeit und hoppelte ganz gemächlich die letzten paar Meter über die Grasnarben auf die Torlinie zu. Noch bevor er diese erreichte, hatte er den gesamten Schwung verloren und blieb etwa zehn Zentimeter vor der Linie liegen. Mit einem kurzen Schritt nach rechts, schnappte sich der Kleine den Ball, hielt ihn triumphierend hoch und sagte: „Hab ihn!"

Daraufhin musste das Spiel beendet werden. Wenn auch die Schmerzen im Oberschenkel verdammt weh taten, so tat das soeben erlebt noch viel mehr weh. Es traf den Opa mitten ins Herz!

Wie konnte so etwas nur passieren, war er sich doch sicher den kleinen Angeber, so wie einst, vor ein paar Jährchen noch, seine Gegenspieler abzuschießen.
„Ja, diese Geschichte ist hammerhart!" meinte Johanna dazu. Um Gustav dann noch mit den Worten: "Es ist dasselbe wie beim Bumsen, ohne Training geht halt nix!" vollends nieder zu machen. Sie sah wenig Erfolgschancen, wie Gustav sein neues Lebensmotto umsetzen konnte.

Drogen, Sex und Rock'n'Roll und dann mit Schwung ab in die Kiste!

Hatten sie noch vor ein paar Tagen zwei Punkte seiner Vorhaben erledigt, so kamen bei ihr jetzt berechtigte Zweifel auf, ob er überhaupt noch mit Schwung in die Kiste kam. Er kam ja wegen seiner Verletzung schier nicht mehr vom Küchentisch bis zum Kühlschrank. Gustav bemerkte wohl, dass Johanna ihn nicht bedienen wollte. „Na und", dachte er sich. Der werde ich es genauso wie vor ein paar Tagen zeigen, dass noch was geht! Und so gelang es ihm so geschmeidig, wie es eben ging, sich an der Spüle zum Kühlschrank zu hangeln, um sich seine Biere selbst zu holen. Das tat weh und mit jeder Flasche verfluchte er sie mehr. Doch mit jeder Flasche wurde sie hübscher.
Aber an diesem Abend blieb es dann nur beim Bierholen. Er war nicht fähig mit Schwung in die Kiste zu kommen.
Und so musste er sich vom Taxifahrer von der Wohnung zum Taxi bringen lassen, obwohl er wusste, in welcher Seitengasse sein Auto stand.
Dennoch fühlte sich Gustav auch heute wieder hervorragend. Denn schließlich hatte er seinen Enkel dazu gebracht sich zu bücken, um den Ball

aufzuheben. Außerdem hatte er wieder einen Punkt seines neuen Lebensmottos erfüllt.

Er hatte sich Johanna ein weiteres mal schön getrunken. Und dass sie ihn heute nicht in die Kiste ließ, lag einzig und alleine daran, dass sie es wieder versäumt hatte Musik aufzulegen.

Manchmal fällt es einem auch wirklich schwer sich zu verwirklichen, denn schließlich schießen andere immer irgendwie quer!

Oder aber es geht ein gut gemeinter Schuss daneben. Nicht zuletzt deshalb, weil man viel zu weit vom begehrten Objekt entfernt ist! In diesem Fall von Johanna.

Nun gut, insgesamt konnten drei Punkt heute nicht vom Plan umgesetzt werden. Das mit der Kiste klappte nicht, weil das Schicksal in Form eines Muskelfaserrisses, da war er sich sicher, dass er den hatte, erbarmungslos zuschlug. Dazu kam, dass es wieder einmal an der guten Musik fehlte. Und Sex gab es auch keinen, weil die schöne Johanna sich heute wohl zu schön für ihn vorkam. „Dann soll sie doch in Schönheit sterben!", dachte Gustav und war stolz auf sich, dass das mit den Drogen wieder einmal recht gut geklappt hatte. Johanna blieb schön und ... Saufen ging immer!

Auch heute fragte er den Taxifahrer wieder, ob er nicht zufällig „Born to be wild" in seinem Autoradio hätte? Leider hatte er es nicht.

Doch das war Gustav nun ziemlich egal. Er sonnte sich in seinem Erfolg. Es war ihm gelungen seinem Enkelkind den nötigen Respekt abzuringen.

Denn schließlich verbeugte sich dieser vor dem alten Haudegen (und war es nur, um den Ball aufzuheben). Außerdem hatte er, der Opa, einen leichten Zacken in der Krone und feierte sich deshalb als der Bier-Flaschen-Köpfer!

Harte Droge

Johanna plagte so ein wenig ihr Gewissen. Vielleicht war es ja doch nicht so nett gewesen, Gustav so krass vor Augen zu führen, dass er weder auf dem Sportplatz noch im Bett eine Granate war. Zudem hatte er sich auch noch bei seiner fürsorglichen und rücksichtsvollen Art mit seinem Enkel Fußball zu spielen verletzt. Im Grunde war er schon ein lieber Kerl, der sich sehr gerne um den Kleinen kümmerte. Sie beschloss, sich bei Gustav zu melden und ihn für heute Abend zu sich einzuladen.

Außerdem merkte sie, dass diese unglaublichen Sexspiele mit Gustav anfingen ihr zu gefallen. Sie hatte ja noch irgendwo das kleine Schwarze rumliegen, mit dem sie ihn überraschen wollte.

Als sie in der untersten Schublade ihrer Kommode das knappe Kleidungsstück hervorzog, merkte sie, dass es ein wenig nach Mottenkugel roch. Gleichwohl wie sie selbst, schien das gute Teil ziemlich eingestaubt zu sein.

Aber es war noch genügend Zeit, dieses „aufreizende Stück Nichts" durch die Waschmaschine zu jagen und zu trocknen.

„Aha, sieh an, ist sie doch auf den Geschmack gekommen", dachte sich Gustav, als er die Nachricht von Johanna auf seinem Handy fand.

Er musste wohl großen Eindruck bei ihr hinterlassen haben. Er schrieb zurück, dass er gerne auf einen schwungvollen Sprung bei ihr vorbeikommen wolle. Zunächst musste er sich aber eine Krücke bezogen, weil der Oberschenkel immer noch schmerzte. Es könnte daher etwas später werden. Unterdessen zog Johanna das kleine Schwarze von der Wäscheleine und an. Ach wie ärgerlich war das denn? Sie hatte doch nicht etwa aus Versehen die falsche Temperatur gewählt?

Das kleine Schwarze schien noch kleiner geworden zu sein. Oben drückten die Busen aus der Mini-BH-Schale heraus, geradeso als ob sie ein Dirndl trug. Das mochte bei den jungen Dingern auf dem Münchner Oktoberfest wirklich gut aussehen. Ihr erschien die Sache bei einem Blick in den Spiegel prall - um nicht zu sagen sehr prall!

„Egal!" dachte sie, "das wird dann eben eine handfeste Sache!"

Als sie etwas weiter nach unten in den Spiegel sah, fiel ihr auf, dass sie unten rum ganz nackt war. „Komisch, das ging mir doch früher mal bis zu den Oberschenkeln" Bei einem zweiten Blick erkannte sie, dass sich der Stoff oberhalb ihrer Hüfte zu einer kleinen Wulscht zusammengerollt hatte. Mit einem kleinen „Ach so!" und etwas Kraftaufwand, zog sie ihn über die Hüften und so gut es eben ging in die Länge. Sie brachte es mit ein wenig mehr Gewalt gerade so über ihre halbe Arschbacke. Aber dann war Schluss. Das kleine Schwarze musste in den Kochwaschgang geraten sein. Es hatte sich auf Größe 38 zusammengezogen, so wie es komischerweise auf dem kleinen Schildchen im Inneren stand. Als ihr ein feiner Luftzug zwischen die Beine strich, entschloss sie sich einen kleinen Slip anzuziehen. Es konnte ja noch eine Weile dauern, bis Gustav endlich kam.

Und es dauerte auch eine Weile bis er kam. Es dauerte so lange, dass ihr noch etwas Zeit blieb, um am Küchentisch ein paar Bierchen zu trinken. Außerdem überlegte sie sich welche Musik ihre „Alexa" nachher spielen sollte, damit alles perfekt war. Seit zwei Stunden hatte sie nun auf ihren Liebhaber gewartet, bis der endlich in der Wohnungstüre stand.

„Alexa" spiele Rod Stewart mit „Do you think I'm sexy?" "

„Oh, endlich hat sie es begriffen und eine Scheibe aufgelegt", dachte sich Gustav. Die Frage allerdings, ob er sie sexy fand, beantwortete sich von selbst, als er Johanna mit leicht verdrehten Augen über der Tischplatte hängen sah. Irgendwie hatte ihr linker Busen den Weg aus dem kleinen Schwarzen herausgefunden und lag nun blank neben der Bierflasche. Das untere Ende des kleinen Teils hatte sich wieder über ihre Hüften gezogen und zu einer kleinen Wulscht verformt.

„Wow!" schwindelte er sie an: "Du siehst aber heiß aus, so mit fast nichts an." Das nahm sie als Kompliment und zum Anlass Richtung Schlafzimmer abzudrehen. Wahrscheinlich wollte sie seine Hand nehmen, erwischte aber nur die Krücke - was Gustav schier aus dem Gleichgewicht brachte. Er konnte sich gerade noch an der Tischplatte festhalten und anstatt hinzufallen, fiel sein Blick auf eine halb volle Flasche Bier, die ihn aufforderte sie leer zu trinken. Das tat er, bevor er sich an der Flurwand in Richtung Schlafzimmer tastete ... und dann mit Schwung ab in die Kiste!

Oder in diesem ganz speziellen Fall: langsam auf der Bettkante sitzend und sich die Klamotten vom Leib reißend. Bis er endlich damit fertig war, drehte sich Johanna von ihm weg. Er konnte im Schimmer der Nachttischlampe erkennen, dass sie das untere Ende seiner Krücke zwischen ihrem Daumen und Zeigefinger hielt. Es sah so aus, als ob sie am Krükkenstab mit den Fingern auf und ab fuhr.

Bevor er sich nun endlich neben sie ins Bett fallen ließ, hörte er sie noch sagen: "Aber hallo Gustav, was ist denn heute mit dir los? Ich bin entzückt!" Dann übermannte sie der Suff und die Müdigkeit!

Gustav versuchte ihr die Krücke aus der Hand zu nehmen aber sie hielt noch eine ganze Weile daran fest. Mit einem Ruck entriss er sie ihr: "Gib sie schon her, du betrunkene Kuh!" dachte er bei sich. Johanna drehte sich auf den Bauch und seufzte noch „Ach wie toll!" Dann war sie im Land der Träume angekommen und zu keinem weiteren Akt mehr zu bewegen.

Mühsam suchte Gustav seine sex Sachen wieder zusammen und zog sich an. Mit Hilfe der Krücke kam er unbeschadet in die Küche. „Alexa" spielte gerade „Sex Bomb" von Tom Jones.

Im Kühlschrank fand er noch eine letzte Flasche Bier, die er dort heraus und zu sich nahm.

Was war das denn für eine harte Droge, die er hier heute wieder schlucken musste. „Der Suff und die Müdigkeit hatten sie übermannt! - Der Suff und die Müdigkeit ... und nicht er, der Über-Mann!"

Immerhin wurde ihm bewusst, welchen sexuellen Träumen Johanna nachhing. Sie wünschte sich etwas Hartes von ihm. Und das ganz dringend, denn sonst hätte sie die Krücke doch sehr viel schneller losgelassen.

Gustav suchte nach einer Lösung.

Als die Flasche leer war, schlich er zurück ins Schlafzimmer und zog Johanna den Slip aus.

Er machte ihn ein wenig nass, um Johanna vorzutäuschen, dass sie in dieser Nacht noch zum Schwitzen bzw. zu ihrem Sex kam. Es galt die Situation zu seinen Gunsten auszunutzen und sie im Glauben zu lassen, dass sie das soeben erlebte nicht nur geträumt hatte.

Natürlich war ihm klar, dass sie ihm ab jetzt gänzlich verfallen war und er beim nächsten Mal wieder seinen Mann stehen musste.

Allerdings hatte er keinen Plan, wie er das machen sollte, denn schließlich wird sie nicht immer so betrunken sein wie heute.

Neben dem Kühlschrank erblickte er eine Flasche Rotwein. Da es kein kaltes Bier mehr gab, schnappte er sie sich mit den Worten: "Komm her Baby, dich pack ich jetzt auch noch!"

„Keine schlechte Ausbeute!" fand Gustav nachdem er die Hälfte der Flasche ausgetrunken hatte: Wieder reichlich Drogen gehabt heute - sogar eine ausgesprochen harte Droge war dabei. In der Kiste gewesen, wenn auch ohne nennenswerte Vorkommnisse und Rock'n'Roll Musik gehört.

Und dennoch ließ ihn der Gedanke nicht in Ruhe, dass er seine Fähigkeiten demnächst beweisen müsste, wenn Johanna bei klarem Verstand wäre. Es bedurfte einer besonders guten, wenn nicht gar einer sensationellen Lösung.

Nachdem der Rotwein fast leer war, fiel ihm sein alter Freund Jupp ein. Niemand wusste so genau, wo sein ganzes Geld herkam. Denn davon musste er genügend haben, so wie er ständig damit rumwarf. Es wurde gemunkelt, dass er in der Sex Branche tätig war. Einige behaupteten sogar, dass er als Porno Darsteller seinen Lebensunterhalt verdiente, oder indem er Frauen bediente!.

Das war die Lösung!

Gleich Morgen wollte er in Jupp's Stammkneipe gehen und ihn um ein vertrauliches Gespräch unter Männern bitten. Ein Kerl mit seiner Erfahrung würde sicherlich den einen oder anderen Trick auf Lager haben.

Zufrieden mit sich selbst und dem äußerst aufschlussreichen Abend ging er noch einmal ins Schlafzimmer. Das kleine Schwarze hatte seinen

Weg gefunden. Es hatte sich nun komplett um Johannas Hals gelegt und drohte sie zu ersticken. Mit aller Kraft zerriss er es, um seiner Geliebten genügend Luft zum Atmen zu verschaffen. Außerdem konnte er so morgen behaupten, sie hätten so einen wilden und ungehemmten Sex gehabt, dass er ihr die Kleidung vom Leib gerissen hatte.

Er drückte ihr noch einen Kuss auf die Wange und mit einem „Gute Nacht, Schatz", verließ er ihre Wohnung.

„Geile Alte!", hörte er sich noch sagen. Dann ging er kurz in die Wohnung zurück, um zu sehen was für einen Zaubertrunk er da erwischt hatte: „Geiles Gesöff!"

Es dauerte nicht lange, bis das Taxi neben ihm zu stehen kam. Udo der Fahrer wollte ihm noch unterstützend zur Hand gehen, aber Gustav meinte, dass er, neben den Frauen mittlerweile die Krüken auch sehr gut beherrschte und verzichtete darauf.

Aus dem Lautsprecher hörte Gustav James Brown singen: „Sex Machine!" „Ich weiß gar nicht, warum die alle nur an Sex denken und dann auch noch so inbrünstig darüber singen", dachte er.

Dieses mal kein „Born to be wild?", fragte der Taxifahrer.

„Nee, lass mal stecken! James Brown passt heute besser, denn ich war so gut in Form, wie schon lange nicht mehr! - Die habe ich bis zur Bewusstlosigkeit gebumst ... die rührt sich immer noch nicht! Und danach habe ich die andcrc auch noch gepackt ... so 'ne Rote."

„Dann ist ja alles gut!", meinte der Taxifahrer und drehte das Radio ein wenig auf.

Ja, das fand Gustav auch. Und wenn er noch ein paar Tipps von Jupp bekommen würde, wäre er unschlagbar in der Kiste! - Also in der Kiste, die etwas breiter ist, als die andere...

Höchstform

Johanna wachte erst am Spätnachmittag auf.
Ein großer Brummschädel verhieß nichts Gutes.
Neben ihr auf dem Kopfkissen lag das kleine
Schwarze total zerrissen. Am Fußende fand sie
ihren feuchten Slip. Sie selbst war splitternackt.
Schnell warf sie sich ihren Morgenmantel um, um
in die Küche zu gehen. Sieben Flaschen Bier und
eine Flasche Rotwein. Kein Wunder konnte sie sich
an nichts mehr erinnern. Sie hatte es sich wohl ein
wenig zu heftig gegeben.
Irgendwie konnte sie sich aber noch schwach daran
erinnern, dass Gustav spät gekommen war. Sie
waren dann wohl Richtung Schlafzimmer gegangen.
Weiter konnte sie sich ganz genau daran erinnern,
dass er sie mit etwas Hartem verblüffte.
Dann schwand ihr Erinnerungsvermögen. Doch
irgendetwas musste sich doch noch zugetragen
habe. Nicht ohne Grund war das kleine Schwarze
zerrissen und ihr Slip ganz feucht. Sie hatte doch
nicht etwa Sex mit Gustav gehabt? Das musste
sie nun genau wissen und schrieb ihm gleich eine
Nachricht, damit er noch vorbeikam. Und bring
bitte noch Asperin aus der Apotheke mit.

Gustav erschrak ein wenig, als er ihre Nachricht
bekam. Denn zu gerne hätte er sich bei Jupp noch
ein paar Tricks geholt. Doch der hatte heute keine
Zeit für ihn und so war er wieder auf sich alleine
gestellt.
Und nun traf das ein, wovor er sich so ein wenig
gefürchtet hatte. Johanna rief nach ihm.

Er besorgte ihr noch ihre Drogen in der Apotheke
und nahm für sich auch eine Packung Asperin
Direkt mit. Der Zaubertrank von gestern hatte es

ganz schön in sich und ihm war so ein klein bisschen schwindelig.

Johanna bot ihm ein Bier an, aber er verneinte,
weil er gerade Schmerztabletten gegen den Muskelfaserriss genommen hatte. Ein Glas Wasser würde
ihm zunächst genügen.

„Jetzt sag schon Gustav, was ist hier gestern Abend
passiert? Ich kann mich an nichts mehr erinnern.
Es müssen wohl die sieben Flaschen Bier und die
eine Flasche Wein gewesen sein, die ich getrunken
habe."

„Wie bitte, Johanna, du kannst dich an nichts mehr
erinnern? Das ist aber schlecht, denn wir hatten
den wildesten Sex miteinander." „Hatten wir ... ?"

„Ja, du warst gestern so heiß rausgeputzt und
es lief so tolle Musik, dass wir ganz flugs ins Bett
gesprungen sind."

„Der Rock'n'Roll und der „Hauch von Nichts", den
du getragen hast, haben mich total angeturnt und
ich bin sozusagen, also mehr oder weniger, über
dich hergefallen."

Mehrfach hörte ich dich sagen: "Aber hallo Gustav,
was ist denn heute mit dir los? Ich bin entzückt!"

„Und um dich noch mehr zu verzücken, habe ich
dich rumgedreht und wild von hinten genommen!"

„Dann habe ich dich wieder auf den Rücken geschmissen und deine Brüste mit meiner Zunge
geliebkost. Aber weil der Träger deines kleinen
Schwarzens mir ständig im Mund hing, habe ich
ihn in einem Anfall von Gier und Lust zerrissen!

Jetzt konnte ich auch deine Brüste streicheln, die vor dem Vernichten der Blockade ständig ins und dann wieder aus dem Körbchen herausschwenkten. Und dann habe ich dich ein zweites Mal genommen!

"Ach du Schande", dachte Johanna „und ich habe von all dem nichts mitbekommen!"

Es tat ihr furchtbar leid, dass sie ihren Gustav nicht in Höchstform miterleben konnte. Aber alleine durch seine Erzählung wurde sie ein wenig rammelig. Schnell kippte sie das Asperin runter, nahm Gustav an die Hand und zog ihn ins Schlafzimmer. Sie half ihm aus den Klamotten.
Sie selbst war ruckzuck ausgezogen, denn schließlich hatte sie nur den Morgenmantel an.
„Mach's mir doch bitte noch einmal von hinten", forderte sie ihn auf und schob ihm auch schon ihr Hinterteil entgegen.
Ohne überhaupt schon etwas gemacht zu haben, fing Gustav zu schwitzen an. Blöd war, dass sie sich noch ganz genau an etwas Steifes erinnern konnte. Also musste ER nun steif werden und zwar sofort.
Gustav lehnte sich an Johanna an und begann so mit einer wippenden Bewegung, also immer so vor und zurück. Sie setzte ihn nun doch ganz gewaltig unter Druck.
„Verdammt noch mal, das muss doch jetzt funktionieren!" Seine Bewegungen wurden immer schneller und immer heftiger. „Was machst du denn da, Gustav?", wollte Johanna von ihm wissen.
„Du schubst mich ja noch aus dem Bett raus!"
Doch darauf konnte er jetzt keine Rücksicht nehmen. Wie ein Wilder legte er los! „Hör auf, Gustav, du hast ja schon einen ganz roten Kopf!"
Obwohl er merkte, dass seine Kondition zu Ende

ging, lief er quasi zur Hochform auf. Gelegentliche „Oh s" begleiteten ihn dabei. Gerade als Johanna seinem Treiben Einhalt gebieten wollte, entfuhr ihm ein langes „Ooccchh!" und er schlug ungebremst, mit dem Gesicht voran in der Matratze ein.

„Gustav! Gustav, so sag doch was!"

Aber er gab keinen Laut mehr. Bewegungslos lag er da, mit rotem Gesicht. Als sie merkte, dass er ohnmächtig war, rief sie nach dem Krankenwagen. Dann versuchte sie ihn wieder ins Leben zurückzuholen.

Gerade als die Notärztin das Schlafzimmer betrat, erwachte Gustav.

„Was haben sie denn gemacht?" wollte sie wissen.

„Ich habe Sex gehabt" war die Antwort, die er ihr mit dünner Stimme gab.

„Was, Sex und das in ihrem Alter?"

„Ach was," sagte Johanna, „der hat doch keinen Sex gehabt. Das Einzige, was der noch hochbringt ist sein Blutdruck."

Da hatte sie recht, der Blutdruck war in schwindelerregender Höhe geklettert.

Sie nahmen ihn zur Beobachtung mit ins Krankenhaus.

Zufällig stand draußen vor der Türe der Taxifahrer, der Gustav immer nach Hause fuhr: „Heute hat die Rote ja wohl völlig auf dich abgefärbt, Gustav. Hast einen ganz roten Kopf!"

Johanna kamen Zweifel, ob er ihr, über das, was die letzte Nacht betraf, die Wahrheit gesagt hatte. Vielleicht lag es wirklich an ihrem kleinen Schwarzen, das ihm zur Höchstform auflaufen ließ.

Sie überlegte, ob sie sich ein neues kaufen sollte. Dann öffnete sie das Küchenfenster und rief dem Taxifahrer entgegen, was es denn mit der Roten auf sich hatte. „Och gar nichts!" antwortete der, setzte sich ins Taxi und fuhr davon.

Porno-Darsteller

Gustav hatte sich bald erholt und konnte nach dem zweiten Tag aus dem Krankenhaus entlassen werden. Nun endlich hatte auch Jupp für ihn und das vertrauliche Gespräch Zeit. Sie trafen sich in Jupp's Stammkneipe an der Ecke.
„Wo warst du denn die letzten zwei Tage?" wollte Jupp wissen, der vergeblich versucht hatte ihn zu erreichen.
„Ich war im Krankenhaus!" „Weswegen denn?"
„Ich habe mir beim Fußballspielen einen Muskelfaserriss zugezogen."
„Was du spielst noch Fußball? Und das in deinem Alter?"
Und das in deinem Alter, hatte er in den letzten Tagen genug gehört. Wieso sollte er kein Fußball mehr spielen. Aber egal, heute war er wegen eines anderen Themas hier.

Gustav berichtete Jupp, dass er eine scharfe Alte am Start hatte. Durch gelegentliche Diskrepanzen verliefen die Stell-Dich-Eins aber nicht so, wie er es sich vorgestellt hatte. Und da ja Jupp als Porno Darsteller arbeitete, würde er ihm sicherlich ein paar kleine Tipps geben können, um das Liebesleben zu beleben.
„Soft-Porno-Darsteller", erwiderte Jupp.
„Ja und, was ist denn da der Unterschied?"
Jupp erklärte, dass das Wort „Soft" aus dem Englischen kam und so viel wie „Weich" bedeutete.
„Was, du bringst auch keinen mehr hoch", entfuhr es Gustav. „Pst, schrei doch nicht so! Du gefährdest ja meine Karriere!"
„Und ja, ich krieg ihn noch hoch. Allerdings mit ein paar kleinen Drogen, die gewisse Dinge härter und standfester machten!"

Das fand Gustav wiederum toll.

Also auch Jupp nahm Drogen, Sex hatte er ohnehin und das in verschiedenen Kisten. Sicherlich hörte er auch gerne Rock'n'Roll! Er war also doch der richtige Ansprechpartner, wenn es um Ausdehnung ging.

Und wenn er dieselben Drogen nahm wie Jupp, dann könnte er sicherlich auch Soft-Porno-Darsteller werden.

Doch da machte ihm Jupp keine großen Hoffnungen. Pornofilme hätten sehr viel mit reinster Ästhetik und wunderbaren Lichtspielen zu tun.

Und wenn er sich Gustav so ansah, konnte er wenig Ästhetik erkennen. Denn schließlich musste der Kameramann ja das beste Stück des Darstellers in den schönen Farben erscheinen lassen.

Und bei Gustav hätte er sicherlich große Probleme, das gute Teil überhaupt zu finden. Außerdem würde die Wampe so viel Schatten werfen, dass es schier unmöglich wäre das richtige Licht an die richtige Stelle zu bringen. Er solle doch froh sein, dass er seine Johanna hatte, bei der er sich viel besser ins richtige Licht bringen könnte. Er war sogar bereit, Gustav eine seiner blauen Pillen mitzugeben, damit er deren Wirkung einmal ausprobieren konnte.

Das fand Gustav wiederum nicht so toll. Also das, dass er kein Porno Darsteller werden konnte. Aber wahrscheinlich hatte Jupp nur Angst, dass er ihm den Rang ablaufen könne bei all den Porno Darstellerinnen. Möglicherweise würde Gustav später einmal den Plan weiterverfolgen. Aber fürs erste hatte er jetzt diese Wunderpille, die er gleich mal bei Johanna ausprobieren wollte.

Jupp fand es schade, dass Gustav nun so abrupt

aufbrechen musste. Er hatte gehofft, mit ihm noch
das eine oder andere Bier zu trinken und von alten
Zeiten zu schwärmen.
Aber da konnte man nun nichts machen, denn
schließlich musste er zur Nachuntersuchung noch
einmal ins Krankenhaus. Na ja, so ein Muskelfaserriss tat ja auch ganz schön weh.

Kaum hatte er die Kneipe verlassen, schickte
Gustav eine Nachricht an Johanna. Sie sollte sich
schon mal ins Bett legen, er müsste da mal kurz
was mit ihr ausprobieren.

„Oh mein Gott, was will der jetzt schon wieder?"
dachte sie. Doch sie war neugierig und zog schon
mal ihr neues kleines Schwarzes an. Vielleicht war
es ja das, was ihm vor drei Tagen gefehlt hatte.

„Na wie gefällt dir mein neues kleines Schwarzes?"
empfing sie ihn. „Wieso kleines Schwarzes, das ist
doch violett? Und du weißt doch, das violett die
Farbe der unbefriedigten Frauen ist!"
„Na, dann solltest du dir ja mal Gedanken machen!"
war ihre knappe Antwort.

Gedanken hatte er sich freilich schon gemacht.
Schließlich hatte er Rat und Beistand bei seinem
Freund Jupp geholt.
„Das wird ab heute alles anders," versprach er
Johanna. „Schau mal was ich hier habe ... das soll
eine Wunderdroge sein. Bring mir mal bitte ein Glas
Wasser, dann werfe ich die gleich ein."

Gesagt, getan. Johanna machte sich an dem Ding
zu schaffen, mit dem man Sex hatte. Sie war nun
schon zehn Minuten dran, aber es tat sich immer
noch nichts. Nach zwanzig Minuten gab sie mit den

Worten auf: "Ich glaube ich werde weiterhin violett tragen müssen." Und bat Gustav zu gehen.
Ziemlich enttäuscht schlich er aus der Wohnung.

Was ist denn das für ein blöder Soft-Porno-Darsteller, bei dem auch seine Drogen auf soft eingestellt waren.
„Und Gustav, heute „Born to be wild" oder „Sex Machine?", fragte Udo der Taxifahrer.
„Spiel mir von der Gruppe Rainbow „Catch the rainbow". Ich habe da gerade so violette Farben im Kopf!"

Kurz vor seiner Haustüre bemerkte Gustav, dass etwas in seiner Unterhose spannte. Vorsichtig griff er mit der Hand in seinen Schritt und ertastete einen etwas längeren Gegenstand, der immer größer zu werden schien.
„Dreh um, dreh sofort um Udo und gib Gas!"

„Was war denn nun in den gefahren", dachte Udo und tat wie ihm geheißen.

Mit dem Hinweis, dass er erst morgen die Taxifahrt bezahlen würde, war Gustav auch schon aus dem Auto raus und klingelt wie verrückt an Johannas Haustüre.

Sie konnte ihn noch nicht einmal fragen, was denn los sei. Nein er schnappte ihre Hand, zog sie ins Schlafzimmer und sich aus. Dann fiel er über sie her. Es war ein Gefühl, als ob die Engel im Himmel Halleluja sangen. Johanna konnte nur noch Och, och, och sagen und dann etwas später ahhhh!

„So," meinte Gustav, „jetzt kannst du dein kleines Violettes wegwerfen!"

„Mensch Gustav, was war das denn! Ich bin begeistert." Können wir nochmal?"

Und wie er konnte! Er machte sich über Johanna her und gab alles, um ihr zu zeigen, was er wirklich noch draufhatte!
Er trieb es solange, bis sie mit der flachen Hand auf der Matratze abklatsche um zu signalisieren, dass es ihr jetzt reichte.

Wieder zurück im Taxi forderte er Udo auf, im Radio „Sex Bomb" abzuspielen.

Und immer noch hatte er dieses spannende Gefühl in der Unterhose. Irgendwie meinte er nun, die Situation unbedingt ausnutzen zu müssen, wenn er schon im Stande war, Johannas tiefsten Wunschtraum zu erfüllen.
„Dreh um, dreh sofort um Udo und gib Gas!"
„Aber nur, wenn du mir die vier Fahrten gleich bezahlst!"
Kein Problem für Gustav und schon lag er wieder auf Johanna, die nach Luft rang und versuche ihn von sich runter zu bekommen. Mit so viel Härte hatte sie wirklich nicht gerechnet. Und das Ding blieb immer noch gleich steif, wie vor drei Stunden. Jetzt spürte Gustav auch diese Erschöpfung, von der Johanna plötzlich sprach. Er ließ ab von ihr und machte sich wieder auf dem Heimweg.

Aber am nächsten Morgen stand das Ding, mit dem man Sex hatte, immer noch. Udo musste abermals Gas geben, um ihn zurück zu Johanna zu bringen. Als sie ihn schon wieder mit diesem gierigen Blick vor sich stehen sah, versuchte sie die Wohnungstüre schnell zu zuschieben. Was ihr aber nicht gelang. Schon hatte er sie übers Bett geschmissen und alles, was er hatte, zu ihrem Vergnügen ausgebreitet. Sie war überrascht und entzückt zugleich! Wieder und immer wieder nahm er sie. Das ging so lange, bis sie keine Luft mehr bekam und mit einem lauten „Och" in die Kissen sank und keinen Mucks mehr von sich gab.

Als er merkte, dass sie ohnmächtig war, rief er nach dem Krankenwagen. Dann versuchte er sie wieder ins Leben zurückzuholen.

Gerade als die Notärztin das Schlafzimmer betrat, erwachte Johanna.

„Was haben sie denn gemacht?" wollte die Ärztin wissen.

„Ich habe Sex gehabt" war die Antwort, die sie ihr mit dünner Stimme gab.

„Was, Sex und das in ihrem Alter?"

„Ja und," sagte Gustav. „Natürlich haben wir Sex gehabt. Und sein Blutdruck war nicht das Einzige, was er hochgebracht hatte."

Gustav fragte noch die Ärztin, ob es denn dringend notwendig wäre, Johanna mit ins Krankenhaus zu nehmen. Mit einem Blick nach unten stellte er nämlich fest, dass er sie noch gut gebrauchen konnte.

Als die Ärztin aber darauf bestand, Johanna mitzunehmen, fragte er sie, was sie denn nach Feierabend machen würde, er hätte da noch Kapazitäten frei.

Sie antwortete nur, dass sie Nachtschicht hätte und die Wirkung seiner Zauberdroge bis dahin wahrscheinlich verflogen sei. - Und manchmal reichte auch eine halbe Tablette aus, um seinen Pflichten ordnungsgemäß nachzukommen.

Da blieb ihm nichts anderes mehr übrig, als mit dem Taxi heimzufahren. Udo merkte, dass irgendetwas schiefgelaufen sein musste und so spielte er den Sound of Silence von Simon und Garfunkel.

Risiken und Nebenwirkungen

Nun war Gustav alleine zuhause, alleine mit sich und diesem steifen Ding, das sich einfach nicht entspannen wollte. Was hatte ihm da Jupp nur gegeben. Und das man nur eine halbe Tablette nehmen konnte, so wie es die Ärztin gesagt hatte ... auf diesen Gedanken wäre er nie gekommen. Es ließ ihm keine Ruhe und so er rief im Krankenhaus an, um sich nach dem Gesundheitszustand von Johanna zu erkundigen. Da er kein näherer Verwandter von ihr war, gab man ihm aber keine Auskunft. Da half auch sein Hinweis nichts, dass er der Grund für ihre Einlieferung sei. Er hatte auch keinen Erfolg, als er die Gegebenheiten etwas detaillierter schilderte und damit prallte, dass das Ding, mit dem man Sex hatte, immer noch nicht zur Ruhe kam. Die Dame am anderen Ende der Leitung fragte nun, was er denn genommen hätte. Natürlich hatte er keine Ahnung, denn schließlich wurde ihm die Droge so unter der Hand zugeschoben.

„Sie wissen schon, dass Potenzmittel verschreibungspflichtig sind!" Außerdem war in der Pakkungsbeilage genau beschrieben, wie die Tablette einzunehmen und was sonst noch so zu beachten war. Ebenso würde man dort auf die Risiken und Nebenwirkungen aufmerksam gemacht. Und auch darauf, dass manche Potenzmittel bis zu 36 Stunden wirken konnten.

36 Stunden, ging es Gustav durch den Kopf, davon waren jetzt etwa 12 vergangen. Sollte er wirklich noch weitere 24 Stunden mit dieser Latte rumrennen?

Das war ja peinlich. Sicherlich würden sich alle nach ihm umdrehen. Ja, das war ja hammerpeinlich. Und es war so eine große Verschwendung!

Nun saß er da, mit dem Ding im Schritt und ohne
Johanna, die im Augenblick nicht greifbar war.
Jetzt ärgerte es ihn schon, dass er sich vorher nicht
über diese Droge erkundigt hatte. Denn nachdem
er ja nun wusste, dass Johanna nicht so sehr viel
Sex aushielt, hätte sicherlich auch nur eine Viertel
Tablette gereicht. Und er hätte jetzt sozusagen noch
drei Schuss in petto.
So aber hatte er sein ganzes Pulver verschossen
und ärgerte sich maßlos darüber.
Er überlegte, was er machen sollte, traute sich aber
nicht auf die Straße, weil man ihm sicher ansehen
würde, welch große Last er trug.
Also beschloss Gustav sich in die Küche zu setzen,
ein paar Bierchen zu nehmen und Rock ('n'Roll)
Musik zu hören.
Wieder waren seine Gedanken bei Johanna.
Wenn in der Packungsbeilage wirklich alle Risiken
und Nebenwirkungen aufgelistet wären, dann wo
möglich auch der Hinweis darauf, wie viel Sex eine
ältere Frau verträgt.
Wenn sie das nicht überleben würde, müsste er
sich sein restliches Leben lang Vorwürfe machen,
weil er grob fahrlässig gehandelt hatte. Wie hatte
doch die Ärztin gesagt? - „Und manchmal reichte
auch eine halbe Tablette aus, um seinen Pflichten
ordnungsgemäß nachzukommen."
Ordnungsgemäß! Nein! Gerade so wollte er sein
restliches Leben eben nicht bestreiten! Und
Johanna sah das wohl ebenso, denn sonst hätte sie
sich bestimmt nicht auf ihn eingelassen. Denn wie
sähe ihr Leben aus, so zwischen aus dem Fenster
gucken, Socken stricken, die keiner anziehen will
und ab und zu mal ein Fläschchen roten zu schlür-
fen. Nein, wenn sie nicht mehr aus dem Kranken-

haus heimkäme, so hätte sie zumindest ihre letzte paar Tage wild und ungezügelt gelebt. Ihr Leben kam ja wohl nun annähernd an das einer Janis Joplin heran, die ebenso hemmungslos und ausschweifend gelebt hatte und auf ihrem Höhepunkt gestorben war.

Bei Johanna würde natürlich nicht auf dem Grabstein stehen „auf ihrem Höhepunkt gestorben", sondern „durch einen Höhepunkt gestorben"!

Welch ein schöner Nachruf.

Er nahm noch eine Flasche Bier aus dem Kühlschrank und bevor er sich weitere Gedanken wegen Johanna machen konnte, klingelt sein Handy.

„Du, sag mal Gustav, was hast du denn da für ein wildes Zeug genommen?" wollte Johanna wissen.

Die Stationsschwester hatte ihr vor knapp einer Stunde erzählt, dass Gustav immer noch Spannungen in seiner Unterhose verspürte. Bei dem Versuch sich aus dem Krankenhaus zu schleichen, hatte man sie kurz vor dem Ausgang erwischt und wieder auf ihr Zimmer gebracht.

Es hatte alles nichts genützt, als sie dem Krankenhauspersonal mitteilen wollte, um welch große Verschwendung es sich hier, bei dieser höchstpersönlichen Angelegenheit handelte. Sie musste einfach los, um an den Ausdehnungen seiner Wiedergeburt teilzuhaben.

Doch nun hatte man sie an das Bett angekettet und irgendein Zeug gespritzt, das sie beruhigen sollte.

Sie hatte die ganze Zeit geschrien: "Nieder mit den Spießern! Freiheit für Drogen, Sex und Rock'n'Roll! Gustav for President!"

Denn schließlich war sein Zepter wieder auferstanden, sodass er im Stande war ein Land zu regieren!

„Die Angie macht das doch ganz gut," meinte ein Pfleger. „Da brauchen wir jetzt auch nicht irgend so einen Gustav!"

Und im Übrigen sollte es ihr verdammt peinlich sein, dass sie wegen so ein bisschen Sex, soviel Aufstand machte!

Johanna nahm seine Jugend zum Anlass und als Entschuldigung, warum sich dieser dumme Mensch nicht vorstellen konnte, dass man im Alter noch genau dieselben Gefühle hatte, wie junge Menschen. Auch wusste er nicht, dass sie, bevor sie sich auf Gustav eingelassen hatte, nur an fast jedem Tag Sex hatte .... fast am Montag, fast am Dienstag, fast am Mittwoch ...! Und jetzt mit ihm an allen Tagen.

„Und, Gustav, geh schon mal zum Arzt und lass dir mehr von dieser Droge verschreiben. Dann kommen wir auch an einen Beipackzettel der uns möglicherweise eine Schritt für Schritt Anleitung geben kann! Ich bin dabei!"

„Geile Alte", dachte er. Wahrscheinlich ging er morgen zu seinem Hausarzt um den Wunsch von Johanna zu erfüllen. Er war froh, sie so gut gelaunt und offensichtlich wieder gesund zu hören.

Das musste begossen werden. Zwei weitere Biere machten ihn etwas betrunken und sehr müde.

Beim Ausziehen hatte er etwas Mühe, da seine Unterhose an einer Stelle hängen blieb, wo es noch vor ein paar Tagen nichts gab, an dem sie hängen bleiben konnte. Mit etwas Geschick und Balance gelang es ihm, sie aber dann doch noch abzustreifen.

Sonst schlief er immer auf dem Bauch liegend ein. Auch das wollte ihm heute Abend nicht so recht gelingen. Schließlich wurde er vom Suff und seiner Müdigkeit übermannt. Bevor er die Schwelle zur Welt der Träume überschritt, hörte er sich noch sagen: "Was für eine Verschwendung!"

Auf eigene Verantwortung

Während Gustav bereits eingeschlafen war, machte Johanna noch einigen Wirbel im Krankenhaus.
Was fiel diesen dummen Ärzten eigentlich ein, sie ans Bett zu binden. Noch war sie weder senil oder gemeingefährlich. Allerdings war sie kurz davor das zu werden, denn schließlich wurde sie hier gegen ihren Willen festgehalten. Und diesen kleinen Kreislaufkollaps hatte sie gut überstanden.
Sie fand, dass es an der Zeit für den nächsten wäre. Außerdem schien die Droge immer noch bei Gustav zu wirken. Sie blieb hartnäckig und entließ sich am nächsten Morgen auf eigene Verantwortung.
Gleich in den frühen Morgenstunden rief sie bei Gustav an, um ihm mitzuteilen, dass sie wieder zuhause war. Auch wollte sie wissen, wie sein Zustand war, hauptsächlich der unten rum.
Gleichbleibend wie gestern, wusste Gustav zu berichten. Er hatte schon mal ein weites Hemd rausgesucht, welches er über der Hose trug, damit gewisse Ausbuchtungen in seinem Schritt nicht so offensichtlich erkannt werden konnten.
Dann setzte er sich ins Auto um zu ihr zu fahren. Er konnte es nicht erwarten die Wirkung dieser Wunderdroge noch einmal mit bzw. an Johanna auszuprobieren.
Johanna lag schon im Bett und rief ihm entgegen: "Es ist offen!" Geile Alte, dachte er und meinte sofort zu wissen, was sie damit meinte. - Also was offen zu sein schien.
Ruckzuck war er aus den Kleidern und wunderte sich ein wenig, warum sie jetzt auf einmal an nichts mehr hängen blieb.
Abrupt hatte die Wirkung der kleinen blauen Pille nachgelassen. Er hatte einen Hänger. So sehr er sich auch bemüht, die Pille gab keinen Nachschlag

mehr, nicht einmal eine kleine Zugabe!

Ach mein Gott! Wie sehr war Johanna nun enttäuscht. Ohne große Diskussion verließ die Stätte
der unerfüllten Lust und ging schnurstracks zum
Kühlschrank. Das kleine Häuflein Gustav trottete
ihr mit gesenktem Kopf und kraftlosem Gehänge
hinterher, nahm sich ebenfalls ein Bier und sagte:
"Saufen geht immer!"

Ja, das fand Johanna auch, legte „Love me tender"
von Elvis Presley auf und zog fast die ganze Flasche
auf einen Zug runter. In der Beziehung konnte er
noch locker mithalten und trank seine erste Flasche „Auf Ex" leer.

Dann holte er zwei weitere Bierflaschen aus dem
Kühlschrank, rutschte zu ihr auf die Eckbank,
drückte seinen Körper gegen den ihrigen und stellte
fest, dass es anderen Menschen viel schlimmer
ginge als ihnen.

Außerdem versprach er ihr, noch am selben Tag
zum Arzt zu gehen um Nachschub von diesem
geilen Zeug zu holen. Ach Gustav seufzte sie, nahm
abermals einen großen Schluck aus der Flasche
und meinte: „Aber schad is es scho!"

Was so viel hieß, dass es ihr ordentlich stank, weil
er schon wieder abgeschmiert war.

Sie ließen das Mittagessen aus und tranken dafür
unentwegt weiter. Am Spätnachmittag hatte Gustav
den ungebremsten Drang bei seinem Arzt ein
Rezept zu holen. Das musste jetzt sein und zwar
sofort. Noch bevor sie ihn fragen konnte, ob er
überhaupt noch im Stande sei Auto zu fahren, war
er schon mit den Worten: „Ich bin gleich wieder da!"
an der Wohnungstür. Sie nahm noch einmal Platz
und ein weiteres Bier. Dann wartete sie auf Gustav.
Doch der kam nicht, kam wie so oft lange nicht ...

Die Ärztin im Krankenhaus fragte ihn, was er gemacht hätte. „Ich bin Auto gefahren!" gab Gustav zur Antwort. „Was und das in ihrem Alter und in diesem Zustand?"
Er begann sich wieder aufzuregen. Wenn er das nur immer hörte: „ ... in ihrem Alter!" Das hätte einem Jüngeren durchaus auch passieren können.
Denn gerade als er durch die beiden Blumenkästen am Eingang zum Parkplatz durchfahren wollte, mussten die sich ganz schnell zu einer großen vereint haben. Mit einem lauten Knall krachte sein Auto ungebremst und frontal in sie hinein. Der Blumenkasten wurde ein paar Meter weggeschleudert und schlug in die Seite eines Polizeiwagens ein, der den Parkplatz verlassen wollte.
Gustav empfing die beiden Polizisten mit den Worten: „Ach ihr seid aber schnell da, ich habe doch noch gar nicht angerufen!"
Nachdem er in das kleine Röhrchen geblasen hatte, wurde ihm schwindelig und er wurde von einem schnell herbeigerufenen Krankenwagen ins Krankenhaus gebracht.
„Wie geht's eigentlich dem Oberschenkel?" wollte die Ärztin noch wissen. „Gut", meinte Gustav nur: „Ich kann schon wieder Autofahren!" „Ach ja?"

Weil er aber seinen Schwindel sehr schnell überwunden hatte und keinerlei Verletzungen an ihm zu finden waren, entließ er sich auf eigene Verantwortung. Denn er musste sich sehr beeilen, weil er ja noch das Rezept holen und einlösen wollte.

Udo der Taxifahrer fragte, wo Gustav sein Auto denn heute geparkt hatte. Das Auto wurde nirgends geparkt, denn es lag auf dem Autofriedhof und sein Führerschein auf dem vierten Polizeirevier. Es konnte gut sein, dass er ihn bei dieser Aktion verloren hatte. Aber so recht konnte er sich nicht mehr daran erinnern.

Als das Taxi vor Johannas Haustüre stehen blieb wurde Gustav mit dem Song „Highway to Hell" von Chris Rea empfangen. Beim Eintreten sah er gerade noch, wie sie sich an der Flurwand entlang hangelte, um ins Bett zu kommen. Auf seine Begrüßung „Hallo Schatz" erwiderte sie nur: "Ach fahr zur Hölle! Dauernd muss ich auf dich warten. Zuerst im Bett und jetzt auch noch in der Küche vorm Kühlschrank. Hau einfach nur ab! Aber fahr vorsichtig, denn ich glaube, dass du, gerade so wie ich nämlich, viel zu viel getrunken hast. Es wird der Tag kommen, an dem sie dir den Führerschein nehmen werden!" Seine Bemerkung „der Tag ist schon gekommen" bekam sie nicht mehr mit. Denn sie war bereits ins Bett gefallen und ließ sich abermals von Suff und Müdigkeit übermannen.

Derweil Gustav noch im Hausgang stand und mit dem Schicksal haderte. Dieser Tag war ja wohl ein „Griff ins Klo!"

Alles, aber auch wirklich alles, hatte er heute verloren: zuerst seine Standfestigkeit, besser gesagt die Standfestigkeit seines gewissen Etwas, sein Auto, den Führerschein und wenn er ihre letzten Worte richtig gedeutet hatte, dann wohl auch noch Johanna.

Das waren herbe Schicksalsschläge.

Er steckte die Flasche Rotwein ein, die auf dem Küchenbuffet stand und sagte zu Udo, dass er sich heute nur die Rote schnappen werde, weil Johanna zu betrunken für Sex sei.

„Wie du will Gustav", meinte der: „Aber nur auf deine eigene Verantwortung! Denn Johanna wird dir, wenn sie wieder bei sich ist, ganz sicher die Leviten lesen!"

Verwirrung im Parkhaus

Udo setzte Gustav vor dessen Haustüre ab und
fuhr weiter.
Dieser ging in die Wohnung, legte „Born to be wild"
von Steppenwolf auf und machte sich ohne ein
großes Vorspiel über die Rote her. Und weil er sie
wie Bier trank, war die Flasche relativ schnell leer
und Gustav relativ schnell voll.
Das ermutigte ihn aber nur, noch einmal das Haus
zu verlassen, um in eine Kneipe zu gehen.
Eher zufällig landete er in Jupp's Stammkneipe.
Und genauso zufällig begab es sich, dass Jupp groß
lamentierend an der Theke stand. Als er Gustav
erblickte, winkte er ihn gleich zu sich und hatte
auch schon ein Bier für ihn bestellt. Es war ihm
nicht entgangen, dass Gustav ein wenig schwankte
und sehr schlecht aussah. Geradeso als ob er einen
harten Tag gehabt hätte. Nein, einen harten Tag
hatte er eher nicht gehabt. Oder besser gesagt, es
hatte das Schicksal wieder einmal mit voller Wucht
zugeschlagen, eben weil er - nein nicht der Tag -
eben weil er, Gustav, nicht hart genug gewesen
war. Nach drei weiteren Bieren und der fünften
Erzählung, wie er, Gustav, heute quasi Haus und
Hof, Auto, Boot und Johanna verloren hatte, meinte
Jupp, dass es dringend erforderlich sei, härtere
Drogen als dieses Bier zu sich zu nehmen.
Gustav wollte nicht. Zu oft hatte er das Wort
„härter" heute gehört und wollte damit jetzt nichts
mehr zu tun haben.
Jupp bestand aber auf die Darreichung härtere
Drogen, weil so ein unglaublicher Schicksalsschlag
sonst nicht zu ertragen sei. Irgendwie brachte er
Gustav dann doch dazu eine seiner Superpillen
zu schlucken. Es dauerte nicht lange, da sich die
schlechte Laune von Gustav in eine sich wohltuend

anfühlende super guten Stimmung verwandelte. Er kam sich plötzlich so erleichtert vor und schien durch die Unendlichkeit des Raumes zu schweben. Das Stimmengewirr um ihn herum verstummte und die Menschen erschienen ihm geradeso, als ob sie sich in Zeitlupe bewegten. Die Ereignisse des heutigen Tages gerieten in Vergessenheit und alles schien in bunten hin und her hüpfenden Farben getunkt zu sein. „Geiles Zeug!", hörte er sich sagen, als er durch eine große Öffnung die Theke verließ um auf und ab durch das riesige Farbenmeer zu tauchen.

Immer und immer wieder meinte er sein Auto zu sehen, wie es um ihn kreiste. Er erkannte den Blechschaden daran und schien das Auto flehen zu hören, dass er ihm helfen sollte. Er glaubte es in der nächsten Tiefgarage abgestellt zu haben. Wie von Engelshand geführt trat er durch den großen Schlund der Garageneinfahrt hinab in die Hölle, die sein Auto gefangen hielt. Seine Stimmung schlug um, denn all diese Autos schienen sich nun gegen ihn verschworen zu haben und rempelten ihn ständig von allen Seiten an. Hin und wieder kam er ins Straucheln und stürzte zu Boden. Darauf schienen diese Automonster nur gewartet zu haben. Sie malletrierten ihn mit ihren riesigen schwarzen Reifen und versuchten ihn zu über-rollen. „Nichts wie raus hier", ging es ihm immer wieder durch den Kopf. Doch die Monster kamen von allen Seiten und versperrten ihm immer wieder den Weg nach draußen. Er geriet in Panik und kam abermals zu Fall. Nun blieb er liegen, drückte die Augen zu, um von den Angreifern nicht ent-deckt zu werden. Das tat er schon als Kind, wenn er sich vor jemanden verstecken wollte.

Doch dieses Mal schien sein Trick nicht zu funktionieren. Er schlug gegen etwas mit dem Kopf und blieb auf dem Boden der Tiefgarage liegen.

Als er wieder einigermaßen bei sich war, fragte die Ärztin im Krankenhaus, was er gemacht hätte.

„Ich glaube, dass ich Drogen genommen habe!" gab Gustav zur Antwort.

„Was und das in ihrem Alter?" „Blöde Kuh", dachte er noch, als sie ihn fragte, was er denn in dieser Tiefgarage gesucht hatte, aus der er offensichtlich nicht mehr herausgefunden hatte.

„Blöde Kuh", dachte er ein zweites Mal, „was werde ich da wohl gemacht haben? Ich habe mein Auto gesucht!"

Sie erklärte ihm, dass er gerade erst gestern hier im Krankenhaus gewesen wäre, weil er mit seinem Auto mit Blumenkästen auf Polizisten geworfen hatte. Das war seinem und dem Auto der Polizei nicht sehr gut bekommen. Sein Auto hatte diese Aktion nicht überstanden und lag nun auf dem Autofriedhof. Und sein Führerschein lag auf dem Polizeirevier.

Noch einmal blitzten die Automonster aus der Tiefgarage vor seinen Augen auf! Daran erschrak er so sehr, dass er einen üblen Schüttelfrost bekam.

„Wir werden sie über Nacht hier und unter Aufsicht behalten", entschied die Ärztin. „Und morgen, wenn es ihnen besser geht, dürfen sie wieder nach Hause. Und dann will ich sie hier nicht mehr sehen!

Ach und die kleine Platzwunde am Kopf haben wir geklammert. Die Verletzung ist nicht so schlimm!"

Erst jetzt fiel ihm der kleine Verband an seiner Stirn auf.

Wow, was war das wieder für ein Zeug, was ihm Jupp da gegeben hatte. Irgendwie konnte er es sich nicht erklären, wie er in diese Tiefgarage gelangt war. Immer wieder sah er diese Automonster und er hatte den Eindruck, als ob seine Haare nach Gummi stanken.

Die Bilanz des heutigen Tages fiel für ihn erschreckend aus:

Zu harte Drogen, keinen Sex und einen Brummschädel, dem nicht nach Rock'n'Roll zumute war. Er klingelte nach der Nachtschwester: "Haben sie mal ein Bier für mich?" wollte er von ihr wissen, denn Saufen ging ja bekanntlich immer.

Nein, sie hatte kein Bier für ihn, denn schließlich sei das hier ein Krankenhaus und keine billige Eckkneipe. Außerdem hatte er eine leichte Gehirnerschütterung erlitten und sei vermutlich immer noch auf Droge! - Und es sei nun Zeit zum Schlafen.

Er ergab sich seinem Schicksal. Sah hier und da ein Automonster aufblitzen, dazwischen das Gesicht von Johanna und deren kleines Schwarzes. Dann Musikfetzen aus „Highway to Hell" und immer wieder den Satz "Und das in ihrem Alter!"

Bis zum Morgengrauen waren alle seine Halluzinationen verschwunden. Nach der Visite durfte er das Krankenhaus wieder verlassen.

Auf dem Weg zum Ausgang kam ihm Udo, der Taxifahrer entgegen. Er warf ihm einen Fahrradhelm zu: „Ich habe gehört, dass du in nächster Zeit laufen oder Fahrrad fahren musst! Und ich habe gehört, dass du dir ab und zu mal den Kopf anhaust." „Du Depp, glaubst du denn wirklich, dass ich in meinem Alter noch Radfahren werde?"

... Stille! ... Vielleicht war er ja doch noch nicht so fit wie gedacht oder er hatte immer noch Alpträume - „in meinem Alter"?

„Na, wenn du ihn nicht zum Fahrradfahren aufsetzen willst," meinte Udo, „dann trage ihn doch im Bett bei Johanna. Dann hast du Safer Sex mit ihr und kannst so richtig durchstarten!"

„Ach du Blödmann", dachte Gustav.

Coole Weiber im Fitnessstudio

Nun, den Fahrradhelm konnte Gustav nicht wirklich brauchen. Er fuhr nicht Rad und den Safer Sex mit Johanna würde es in nächster Zeit auch nicht geben. Sie war beleidigt mit ihm.

Zur Abwechslung nahm er wieder einmal einen Termin bei seinem Hausarzt wahr. „Und wie ist das Gewicht?" war seine erste Frage, als er Gustav musterte. „Das Gewicht ist konstant", erwiderter der. „Ich habe gehört, dass du in letzter Zeit einige Male im Krankenhaus warst. Kann es sein, dass das mit deinem wilden Lebensstil zusammenhängt?" Nein, das tat es nicht, denn schließlich hatte er Dinge erlebt, die jungen Leuten ebenfalls passieren könnten. „Das glaube ich nicht," sagte sein Arzt und schaute ihn so von oben herab durch seine Brille an. „Wie wäre es denn zur Abwechslung mal mit einer gesteuerten Bewegung, so in einem Fitnessstudio zum Beispiel", schlug der Arzt vor. Fitnessstudio, war nun so gar nicht sein Ding. Aber Moment mal, hingen da nicht so viele coole Weiber ab? Er versprach dem Arzt es einmal zu versuchen.

Irgendwo in seinem Keller musste doch noch die alte Adidas Sporttasche rumliegen. Und das Trikot von 1860 München konnte nicht weit davon entfernt sein. Gustav fand, dass es nicht wirklich schlimm aussah, dass der Löwe auf dem Trikot etwas rundlich herauskam. So sind Löwen nun mal, stark und ausgeprägt von Natur aus.

Und wenn er daran zog, dann verschwand sein Bauchnabel unter der Zierleiste auf der die letzte deutsche Fußballmeisterschaft von 1966 verewigt war. Dass die Turnhose ebenfalls auf Halbmast hing konnte er nicht sehen, da er sich nicht im Spiegel von hinten betrachtet hatte. Aber der prüfende Blick bestätigte ihm, dass er klasse aussah!

Das schien der Betreiber des Fitnessstudios nicht
so zu sehen. Er bat Gustav beim nächsten Besuch
doch eine lange Sporthose zu tragen, die seinen
Allerwertesten vollständig verbarg. Am besten noch
eine mit hohem Bund, damit auch sein Bauchnabel versteckt wurde. Denn schließlich waren die
meisten Menschen hier gut durchtrainiert und
mochten es nicht, dass jemand seinen Po als Fahr-
radständer anbot.
Dann erklärte Kevin, so hieß dieses unmodische
Kerlchen, Gustav wie die Geräte funktionierten und
bot seine Hilfe an, wenn immer Gustav sie brauchen würde. Dabei streifte er Gustavs Handrücken
mit seinen zarten Fingerchen.
Gustav war sich sicher, dass er die Art von Hilfe,
die ihm Kevin zuteilwerden lassen wollte nicht
brauchte, denn schließlich war er wegen der coolen
Weiber hier.
Als er sich jedoch am ersten Gerät versuchte, schrie
ihn gleich ein mit Muskeln bepackter Typ an: „Na.
Alter glaubst du wirklich, dass du das Geschwab-
bel an deiner Hüfte wegbekommst? Und denkst du,
dass du auch nur angenähert deinen Körper trainieren kannst, dass er so aussieht wie meiner? Und
was willst du mit dem doofen Löwen Dress? Bayern
München ist das Maß aller Dinge!““
Nein, Gustav glaubte nicht, dass es ihm gelingen
würde seinen Körper so zu stählern. Aber er war
sich sicher, dass er noch einiges mehr draufhatte,
wie dieser Spruchbeutel und quälte sich unbeeindruckt an seinem Turngerät weiter. Nach ungefähr
sechs Übungen fand er, dass er sich eine kleine
Pause verdient hatte. Es gab ja nicht umsonst diese

43

kleine Bar in dem Sportstudio. Außerdem lümmelte eine super Blondine am Tresen rum und sie schien keine gute Laune zu haben.

Schweißgebadet setzte er sich neben ihr auf einen Barhocker. „Oh, du hast aber schon hart trainiert", sprach sie ihn gleich an. „Ich mag so verschwitzte Männer, so richtige Kerle! Und nicht solche wie meinen Freund da, der nur die Menschen blöd anmacht und an nichts anderes mehr denkt als an Hanteln und Muskelaufbaugetränke. Ich glaube der wird von dem ganzen Pulverzeug noch impotent. Ich heiße übrigens Annabell!" Gustav dachte, dass sie nicht von ungefähr blond war. Man plauderte doch nicht gleich so rum, wenn man einen Fremden zum ersten Mal traf. Auf der anderen Seite schien sie ein leichtes Opfer zu sein. „Ja, das ist schlimm, wenn man nicht aufeinander eingeht. Und gemeinsame Interesse sind doch in einer Partnerschaft ganz wichtig. Außerdem, wie konnte man an Anabolika denken, wenn eine so hübsche Frau mit solch schönen Brüsten, die einem prall gefüllten Sandsack glichen gegenübersaß. Also bei mir würde dir das nicht passieren. Ich wüsste schon, was ich mit einem so feschen Ding wie dir machen würde. Außerdem habe ich sehr viel mehr an Erfahrung auf meinem Bauch, oh Entschuldigung, auf meinem Buckel wie jeder andere hier in diesem Fitnessstudio. Und ich gebe diese Erfahrung gerne weiter, auch an dich, liebe Annabell!"

„Ja, wieso eigentlich nicht! Die Pappnase trainiert jetzt bestimmt noch drei Stunden und dann geht sie anschließend in die Sauna. Man muss ja zeigen was man hat. Ich hätte also noch genügend Zeit mir etwas von deiner Erfahrung abzuschauen! Ich muss aber vorher noch ein paar Besorgungen machen." So in circa eineinhalb Stunden könnte sie zu Gustav kommen. Das traf sich gut, denn Gustav hatte ja aus der Vergangenheit gelernt. Diese Wunderpillen, die nun schon seit einigen Tagen unberührt im Schrank lagen, brauchten ja fast eine Stunde, bevor sie Wirkung zeigten.

Er nannte ihr seinen Namen, Adressen und Telefonnummern und machte sich sofort auf den Weg nach Hause. Denn schließlich wollte er noch ein paar Drinks vorbereiten und die richtige Musik auswählen. Doch als allererstes, wurde eine dieser blauen Tabletten eingeworfen, denn die Zeit drängte. Kurz überlegte er, ob er die Drinks nicht weglassen sollte, denn die kleine Blondine sah wirklich heiß aus. Da war es nicht nötig, sie sich schön zu saufen. Aber vielleicht könnte er sie sich ein wenig schlauer trinken? Obwohl er davon noch nie gehört hatte. Er wusste nur, dass sich so manch einer blöd gesoffen hatte. Sie verspätete sich um eine viertel Stunde, doch das war Gustav gerade recht. Denn als sie an der Haustüre klingelte, begann sich etwas in seinem Schritt auszubreiten. Im Hintergrund lief Barclay James Harvest mit Hymne. Zu diesem Lied hatte er in seiner Jugend alle, alle außer Johanna, rumgekriegt! Doch bei Annabell war das nun etwas ganz anderes. Sie schien sich weder für seine Drinks, noch für seine Musik zu interessieren. „Wo ist das Schlafzimmer?", fragte sie und hatte die richtige Türklinge schon in der Hand ... Mit Schwung ab in die Kiste! - So schien ihr Plan zu sein.

Ruckzuck hatte sie nicht nur sich, sondern auch ihn ausgezogen. Wow, dachte Gustav noch, so schnell ist Johanna aber auch nicht mehr! Und er schob gleich noch ein zweites Wow hinterher, denn die Pille musste unglaublich gewirkt haben. Er konnte die Spitze seines Penis unter seinem Bauch sehen. Annabell drehte ihn auf den Rücken und setzte sich auf sein Schwert, dass auch gleich ungehindert ihre Scheide fand. „Oh, wie geil ist das denn?", rief sie immer zu. Wie verrückt hüpfte sie auf seinem Bauch rum, sodass er jede einzeln der Paprikaschoten in seinem Magen spürte, die er wohl seit heute Mittag noch nicht verdaut hatte. Sie ritt sich in einen Rausch auf seinem wohl geformten und vollgefüllten Bauch. Und immer und immer wieder hüpfte sie wie wild auf ihm herum. Gerade als er das Sodbrennen in seinem Rachen spürte brach sie mit einem befriedigten Seufzer auf ihm zusammen. „Oh eh Gustav, das war ja mal ein Ding!" Sie brauchte nicht viel Zeit um sich zu erholen und schwank sich zur zweiten Runde auf ihn drauf, weil sie sah, dass das Ding immer noch stand. Abermals hüpfte sie ganz vergnügt auf ihm herum, während sein Sodbrennen die Schwelle zu seiner Mundhöhle erreichte. Er schob sie von sich runter, entschuldigte sich mit den Worten: "Bin gleich wieder da!" und verschwand ins Badezimmer. Gerade noch schaffte er es bis zum Waschbecken, als ihm auch schon ein Schwalm der grünen, roten und gelben Paprikaschoten entgegenkam. Dann putzte er sich die Zähne und legte sich wieder zu ihr ins Bett. „Ich glaube es nicht, der steht ja immer noch", sagte sie ganz verzückt, sprang auf ihn und setzte zum nächsten Ritt an.

„Oh, tut das gut!" dachte Gustav. Wie angenehm es sich doch anfühlt - wenn der Magen leer ist. Abermals brach Annabell auf seinem Bauch zusammen. „Oh Gustav war das toll! Und es ist auch sehr toll auf deinem weichen Bauch zu liegen. Noch toller aber ist, dass er immer noch steht, wie machst du das nur?" „Mit Erfahrung," gab er ihr zur Antwort. „Das ist so toll, Gustav, ich will ein Kind von dir!"

Wie bitte, wollten diese jungen Leute nicht immer nur Spaß? Und jetzt kommt die so daher und will

ein Kind von mir. Ich glaube ich spinne
„Eh, Annabell ... also ... also ich habe bereits drei
Kinder. Welches davon möchtest du den haben?"
Das fand sie gar nicht witzig. Sie war mit einem
Satz aus dem Bett und in ihren Klamotten: „Du
blöder Arsch du!" schrie sie noch ins Schlafzimmer
zurück als sie die Türe zuschlug.
Überrascht blieb er noch ein wenig im Bett liegen,
während sein bestes Stück immer noch stand. „So
eine Verschwendung", hörte er sich sagen, als er in
der Küche eine Tablette gegen Sodbrennen ins Glas
warf. Natürlich meinte er mit Verschwendung nicht
die Sodbrennen Tablette. Kurz überlegte er, ob er
mal wieder bei Johanna vorbeischauen sollte.
Aber wie war es zu erklären, dass das Ding schon
stand, noch bevor er sie überhaupt gesehen hatte.
Nein, das ging jetzt nicht. Er nahm den Beipackzettel aus der Packung. Dort stand zu lesen, dass die
Wirkung dieser Tabletten gute 36 Stunden anhalten könnte. „Ach du Sch...!" dann renne ich hier ja
wieder eineinhalb Tage mit der Latte rum. Hätte er
mal lieber nur eine halbe genommen.
Aber es half ja nichts, er konnte diese Verschwendung nicht so einfach über sich ergehen lassen.
Also griff er zum Telefon und rief Annabell an.
Auch wenn sie kein eigenes Kind von ihm bekommen werde, wäre es doch schade um das Schwert
ohne Scheide.
Es vergingen keine zehn Minuten, bis dass es an
seiner Haustüre klingelte. „Ach schau an, eine Ver-
schwenderin schien auch sie nicht zu sein!"
Im selben Augenblick, in dem er die Türe öffnete
fand die Faust der Pappnase Gustavs Gesicht.
Sie traf genau den Punkt - Nasenbeinbruch! „Wenn
du noch einmal meine Freundin fickst, breche ich
dir dein Ding ab, du Arschloch!" Diese blöde Blondine hatte ihm alles erzählt - ab ins Krankenhaus!

„Was hast du gemacht?" fragte Udo, der Taxifahrer.
„Bin gegen den Küchenschrank gelaufen!"
„Das kann doch gar nicht sein. Deine Latte steht heute nämlich besonders gut. Da müsstest du doch zuerst mit dem Ding gegen den Schrank gerannt sein. Da wird man doch gewarnt, weil das auch ganz schön weh tut! Und entschuldige, aber deine Nase ist heute tatsächlich kürzer als dein Ding!"

„Die Küchentür ist offen gestanden", versuchte Gustav zu erklären. Doch Udo blieb skeptisch.

„Also gut, es war nicht der Küchenschrank. Ich war im Fitnessstudio. Und als ich auf dem Rücken liegend beim Stemmen der Gewichte war, ist mir eine Hantel aus der Hand gefallen und hat genau die Nase getroffen!"
„Na, ich weiß nicht, Gustav, für mich sieht das aus, als ob das von einem ganz anderen Schrank herkommt. Du legst dich doch nicht mit diesem riesigen Dingen im Fitnessstudio auf den Rücken. Das glaubt dir doch kein Mensch! Und warum hole ich dich dann von zuhause ab und nicht vom Studio? Wahrscheinlich hat das was mit der hübschen Blondine zu tun, die gerade mit diesem Muskelprotz an mir vorbeigelaufen ist!"
„Gib einfach nur Gas, Udo, meine Nase tut weh! - Und kein Wort zu Johanna."
„Du weißt doch, dass wir Taxifahrer wie Pfarrer sind. Bei uns gibt es auch so etwas wie ein Beicht-geheimnis! Aber du hast die Alte doch nicht wirk-lich geknallt?"
„Natürlich habe ich sie geknallt. Aber sie musste ja alles ihrem Freund erzählen, da hat der mir halt eine geknallt!"
„Wie oft habe ich dir schon gesagt, dass du dich nur auf Frauen mit Niveau einlassen sollst!

Aber nein, da nimmt er sich eine Blondine. Geschieht dir recht! Was erzählst du denn gleich der Ärztin im Krankenhaus? Die durchschaut dich doch sowieso. Und dann kommt die Frage wieder: >Und das in ihrem Alter?<"

„Ich werde ihr sagen, dass ich wegen des Sodbrennens die falsche Tablette eingenommen habe. Und dass ich dann über meinen Schwanz gestolpert bin, weil ich gar nicht mit ihm gerechnet hatte. Das ist mir nur wegen der hübschen Blondine passiert, die an meinem Fenster vorbeigelaufen ist. Ich dachte, dass es ja eine große Verschwendung wäre, jetzt da er gerade mal so rein zufällig dermaßen super toll steht. Und dann bin ich zum Fenster gestürmt um sie einzuladen, dabei kam ich wegen des Dingens da, zwischen meinen Beinen zu Fall und knallte auf die Fensterbank."

Zunächst wollte die Ärztin Gustav nicht ins Krankenhaus reinlassen. Sie hatte ihm ja sozusagen Hausverbot erteilt. Aber der erste Blick fiel auf seinen Hosenladen, der ziemlich ausgebeult daherkam. Dann sah sie seine Nase, die echt stark blutete. Sie war gespannt auf seine heutige Geschichte.

„Ich war im Fitnessstudio. Da ist mir eine Hantel zunächst auf die Nase gefallen und dann auf meinen Schwanz, der deswegen so geschwollen ist!" „Sie gehen ins Fitnessstudio?" „Ja!", erwiderte er. „Und das in ihrem Alter?"

Natürlich musste sie nach dieser Geschichte auch sein bestes Stück untersuchen. Da sie keinerlei Verletzung erkennen konnte, gab sie ihm den Rat, es doch mal mit einer halben Tablette zu versuchen, die wirkte auch ganz ordentlich.

Dann schob sie ihm ihre Telefonnummer mit den Worten zu: „Für alle Fälle, wegen der Nase!"

49

Falsch verbunden

Gustav bekam das Gefühl nicht los, dass diese Ärztin es auf ihn abgesehen hatte. Das war seitdem er ihre Telefonnummer bekam doch ganz offensichtlich.

Nun, dachte er sich, jetzt wo Johanna so blöd tut und auch die kleine Blonde wohl nichts mehr von ihm wissen wollte, könnte er Ilse, so hieß Frau Doktor, doch mal anrufen und nachfragen, ob sie an der Nachbehandlung seines besten Stücks Interesse hätte.

Ilse hatte nur bedingt Interesse: „Mein lieber Gustav glauben sie bitte nicht, dass ich auf sie scharf bin, nur weil sie ein Potenzmittel gefunden haben, das sie an manchen Tagen größer erscheinen lässt, als an anderen. Ich habe da ein sozusagen wissenschaftliches Interesse an ihnen, bei dem ich allerdings aktiv mitmachen würde. Nur sieht es so aus, als ob sie Sex mit ständig wechselnden Partnern haben. Das ist mir zu unsicher. Wenn sie sich also auf mein wissenschaftliches Experiment einlassen wollen, dann müssten sie sich zu allererst einem Test unterziehen, der mögliche Krankheiten ausschließt, ansonsten sind sie hier falsch verbunden!"

Sex im Sinne der Wissenschaft zu haben, schien für Gustav sehr interessant zu sein. Wahrscheinlich konnte er durch seinen körperlichen Einsatz anderen Menschen helfen. Andererseits bedeutete die Teilnahme daran für ihn, dass er nun etwa sechs bis acht Wochen keinen Sex mehr haben konnte, wollte man bei ihm wirklich keine komischen Krankheiten feststellen.

„Ach so," meinte Gustav: „Ich überlege es mir und melde mich gegebenenfalls wieder." Sechs bis acht Wochen erschien ihm ziemlich lang. Aber nun, da er aktuell keine Braut am Start hatte, würde es ohnehin darauf rauslaufen. Aber immerhin hätte er dann in ca. acht Wochen wieder Gelegenheit seinen Mann zu stehen.

Er machte mit sich selbst aus, dass wenn sich innerhalb dieser Zeit nichts anderes ergeben würde, er schon geneigt wäre, zum Wohle der Menschheit und zur Förderung von wissenschaftlichen Untersuchungen mit Ilse rum zu bumsen. Schließlich hatte sie ja in Aussicht gestellt sich an diesem Projekt aktiv zu beteiligen.

Und die Zeit bis dahin könnte er sich auch mit Drogen und Rock'n'Roll vertreiben oder ins Fitnessstudio gehen, aber dieses Mal wohl in ein anderes. Denn in dem, in dem er bisher war, verstanden sie eh nichts von modischer Sportkleidung und gutem Benehmen.

Dass er die Frau eines anderen geknallt hatte, fiel bei ihm nicht unter die Sparte „Benehmen" sondern eher unter seinen neuen Leitspruch: „Drogen, Sex und Rock'n'Roll. Oder: Wenn sich eine Frau von mir knallen lassen will, dann knalle ich sie eben!"

An ein mögliches Echo würde er sich irgendwie aber nicht gewöhnen wollen. Er brauchte halt in dieser Angelegenheit eine feinere Spürnase. Doch auch die versagte zur Zeit ihren Dienst.

Heute Abend würde er auf jeden Fall erst mal auf die Pirsch gehen oder in Jupps Stammkneipe vorbeischauen. Der Tag war noch jung!

Auf den Weg dorthin begegnete er Johanna. „Hallo, wie geht's?" „Das geht dich nichts an," erwiderte sie ihm in einem schroffen Tonfall. „Bei mir bist du falsch verbunden. Kümmere dich doch lieber um die Rote und deine feine Blondine. - Oder um deine schiefe Nase!" Nun gut, dass schien seinen Verdacht nur noch zu bestärken, dass er in kürzester Zeit wohl keinen Sex mehr haben würde.

Da vorne an der Ecke dröhnte ein Stimmengewirr aus der Kneipe. Er meinte zwischen all dem Geschnatter Jupp heraus zu hören. Das war gut, denn er wollte ihn ja mal fragen, was er noch so im Angebot hatte. Auf Potenzmittel und so harten Drogen, die ihn den Heimweg nicht mehr finden ließen, hatte Gustav keine Lust. Aber vielleicht auf so einen kleinen Stimmungsheber.

Hallo Gustav, na heute mal nicht beim Bumsen?", empfing ihn Jupp mit freundlichen Worten. „Ach laß mal gut sein, ist auf Dauer auch langweilig" gab Gustav zurück. „Irgendwie habe ich zur Zeit keinen richtigen Bock mehr drauf. Manchmal ist es sehr ermüdend, wenn die Frauen Schlange bei einem stehen. Da steht einem der Sinn schon mal nach etwas anderem," „Ach der Sinn steht jetzt auch schon bei dir", frotzelte Jupp.

Sie nahmen ein paar Bier zu sich bevor Gustav so langsam mit seinem Anliegen rausrückte: "Sag mal Jupp hast du auch so Softdrogen, ich meine so als Soft-Porno-Darsteller. Ich meine solche, bei denen man so einfach nur wegchillen kann, solche, die sich nicht auf mein Liebesleben auswirken?"

Klar hatte Jupp auch solche Drogen im Angebot. Dieses Mal waren sie aber nicht umsonst.

Er nahm Gustav ein paar Euros dafür ab. „Da kannst du so schön schweben. Und wenn du noch schöne Musik auflegst, dann entführen sie dich in ein Land von Harmonie und Wohlgefühl!"

Das war genau das richtige für Gustav, denn schließlich schloss sein neues Lebensmotto auch die Musik ein. - Rock'n'Roll sollte es nun sein, gerade jetzt, wo diese Weiber seine Dienste nicht mehr in Anspruch nehmen wollten. Die beiden Freunde nahmen noch ein paar Biere und etliche

Schnäpse. „Ei, Gustav, da hast du ja ganz schön einen getankt. Ich werde dich wohl am Besten gleich nach Hause fahren. In deinem Zustand wirst du sicherlich keine Frau mehr aufreißen!", meine Udo.

„Will ich auch gar nicht, ich habe was Besseres vor. Fahr schon los!" Der Taxifahrer setzte seinen Fahrgast vor dessen Haustüre ab und wünschte ihm noch einen schönen Abend.

Gustav torkelte in seine Wohnung hoch und warf gleich mal so eine Pille von Jupp ein. Dann durchfühlte er im Wohnzimmer seine 20 Schallplatten umfassende Schallplattensammlung.

Wenn er in der Kneipe war, behauptete er ständig die größte Plattensammlung im Süden dieser Stadt zu haben. Zu seinem Glück prüfte das aber bisher noch niemand nach. Seine Wahl für seine heutige Rock'n'Roll Party fiel auf Roy Black! Das klang doch schon mal ganz schön Englisch.

Der Text dann allerdings nicht mehr: "Ganz in Weiß, mit einem Blumenstrauß, so siehst du in meinen schönsten Träumen aus, ganz verliebt schaust du mich strahlend an, es gibt nichts mehr was uns beide trennen kann!" Die Drogen taten ein Übriges. Gustav wurde ganz sentimental und musste an Johanna denken. Ach wie verliebt schaute sie ihn gerade an. Er begann durch die Luft zu schweben. Er schwebte zunächst in seinem Zimmer rum, bevor er den Raum verließ und ihr entgegen schwebte. Und sofort umarmte er sie, hielt ihren Kopf in seinen Händen und gab ihr einen gefühlvollen, tiefen Kuss. „Eh Gustav, was hast du wieder für ein Zeug genommen?" fragte sein Nachbar, der ihn sanft in seine Wohnung zurückschob: „Ich bin weder Johanna noch schwul, bei mir bist du falsch verbunden! Und mach die Musik leiser, ich möchte schlafen."

Saufen geht immer

Gustav wachte mit einem riesigen Brummschädel auf. Er konnte sich nicht mehr daran erinnern, ob er gestern Abend strunz betrunken war oder ob die Drogen von Jupp ihm nicht bekamen.
Er konnte sich noch schwach daran erinnern, dass er mit Johanna rumgeknutscht hatte, obwohl er es nicht mehr zusammenbrachte, wo und wie er sie getroffen hatte. Er konnte sich noch an den rauen Bart seines Nachbarn erinnern, den er aber nicht wirklich zuordnen konnte.
Oh, was für eine Nacht. Aus dem Radio erklang Kris Krisstofferson mit dem Song „Sunday Morning comin' down". Darin hieß es: „Und das Bier, das ich zum Frühstück hatte, war nicht schlecht,
Also trank ich noch ein weiteres zum Nachtisch.
Dann durchkramte ich im Schrank meine Kleider und fand mein sauberstes schmutzige Hemd."

Genauso erging es Gustav heute Morgen auch.
Er fand sich am Küchentisch wieder, in seinem letzten sauberen T-Shirt. Nach der zweiten Flasche Bier fand er, dass Saufen immer ginge.
Nach einem weiteren Bier zog es ihn zurück ins Bett, welches ihm heute so unendlich groß vorkam. Das war nicht das Leben, das er sich gewünscht hatte. Die Drogen, die er hin und wieder einwarf hatten nicht die erhoffte Wirkung. Die Mädel entpuppten sich - ja, sie entpuppten sich.
Sie entpuppten sich in dem Sinne, dass sie keine Püppchen mehr waren. Und anspruchsvoll waren sie! Sie legten ihre Latte so hoch, dass seine Latte da nicht mehr mithalten konnte. Welch ungerechtes Dasein, ging es ihm durch den Kopf. Bis zu seinem nächsten Stichtag waren es noch gut sechs Wochen. Sechs Wochen und keine Sex Wochen.

Oh wie furchtbar, das war noch ganz schön lang. Irgendwie musste er diese Zeit totschlagen, aber wie?

Dann fiel ihm ein, dass er früher sehr gut Billard gespielt hatte. Das wäre doch eine gute Abwechslung für die Zeit, in der er nicht mehr mit den zwei Bällen einer Frau spielen durfte.

Gegen Abend, nachdem sein gutes Befinden wieder zurückgekehrt war, machte er sich auf zu einer dieser Spielhallen. Unterwegs stieß Jupp zu ihm, den er angerufen und eingeladen hatte.

Jupp kannte natürlich alle Spielhallen und Sportsbars in der Stadt.

Komisch empfand es Gustav schon, als sie in die erste Sportsbar eintraten, dass etliche Gäste in einem Halbkreis zusammenstanden und ihren Blick auf einen Punkt über der Eingangstüre richteten. Was ist das denn? Jupp klärte auf: „Über der Eingangstüre hängt der Fernsehapparat. Da laufen immer Sportübertragungen. Deshalb heißt das hier auch „Sportsbar". Und in die Kiste zu gucken ist dann auch schon der einzige Sport, den die Herrschaften hier machen, während sie ein Bier im Stehen nehmen".

Gustav rief dem Kellner an der Bar entgegen, dass er zwei Stöcke brauchte, um Billard zu spielen. „Das heißt nicht Stöcke, das heißt Queue!" meinte der Besserwisser in einem sehr hochnäsigen Ton. „Ok, dann nehme ich zwei Queues und die Bälle kannst du mir auch gleich dazu geben!" Dass das keine Bälle, sondern Kugel sind, dass weiß doch jedes Kind fuhr der hochnäsige Typ Gustav an, bevor er die beiden aus dem Lokal warf.

Verarschen, ließe er sich nicht! Und schon gar nicht von so zwei so alten Säcken.

Jupps und Gustavs Proteste blieben ungehört. Sie fanden sich auf der Straße wieder. Auf der anderen Seite erblickten sie eine Trinkhalle. Man warf sich einen Blick zu und schon standen die beiden an der Verkaufstheke des Kiosks. „Saufen geht immer!", meinte Jupp.

Aber man werde nachher nochmals in so eine Spielothek gehen, um Billard zu spielen, dessen war man sich sicher. Denn so ein Stoß war schon längst überfällig. Also nicht nur so einer, sondern ein anderer allemal. Doch in dieser Angelegenheit war gerade Funkstille.

Oder vielleicht sollte man ja stattdessen in ein schnuckeliges Bordell gehen, um dort ein wenig seinen Queue zu schwingen.

„Geht nicht!", meinte Gustav. Er hatte sich gerade selbst eine kleine Bumspause auferlegt und die werde er gnadenlos einhalten. „Schade", meinte Jupp, „Ich habe da gerade wieder ein paar interessante Pillen bekommen. Man sollte die mal ausprobieren!"

Nein! Gustav blieb, dieses Mal auch ohne Pillen, hart. Er wollte Billard spielen.

In der nächsten Sportsbar wurden sie wieder von der Seite angemacht.

„Aha, man weiß, dass Billardstöcke Queues heißen und dass mit Kugeln gespielt wird!", machte sie so ein langhaariger Bombenleger an, als sie das Spielgerät an der Theke abholten. „Dann seid ihr sicherlich auch Profis, was das Spiel anbelangt? Wahrscheinlich spielt ihr so gut wie Torben Hohlman " „Wer ist denn Torben Hohlman?", wollte Jupp wissen. „Das ist mein Nachbar", gab Gustav zurück: „Der mit dem 3-Tage-Bart." „Und ja, so gut wie der, spielen wir allemal!"

Der Bombenleger gab keine Ruhe und lud sie ein doch mal ne Runde Billard um Geld zu spielen. Er

und sein Freund, der Ähnlichkeit mit Catweazle hatte legten je fünfzig Euro auf die Bande des Billardtisches. „Kein Problem," meinte Jupp und legte gleich mal einen Hunderter auf die Bande. „Die erste Runde gebe ich aus", wandte er sich an Gustav: „Wir gewinnen ja sowieso!"
Catweazle und der Bombenleger waren nun auch keine Übermenschen beim Billardspielen. Und am Ende des ersten Spiels versenkte Jupp die schwarze Acht in dasselbe Loch, in das er seine letzte Kugel gespielt hatte. Triumphierend riss er das Queue in die Luft und begann sich zu feiern.
„Ihr habt verloren," sagte Catweazle. „Wieso haben wir verloren?" „Ihr habt die Schwarze ins falsche Loch gespielt!" „Wieso ins falsche Loch - wir spielen die Schwarze immer ins gleiche Loch, in welches die letzte unserer Kugel gefallen ist!" „Ja, das war vielleicht vor hundert Jahren mal so, als ihr beiden noch jung wart!" mischte sich der Bombenleger ein.

Damit der Streit nicht eskalierte musste der Betreiber der Sportsbar als Schiedsrichter herhalten. „Ja, ich kann mich noch ganz schwach daran erinnern, dass früher so gespielt wurde. Aber heutzutage muss die schwarze Kugel ins gegenüberliegende Loch gespielt werden. Tut mir leid Alterchen!"

„Ich geb dir gleich Alterchen," polterte Jupp los, ehe ihn Gustav wieder zurück auf den Boden holte: „Unwissenheit schützt vor Strafe nicht, gib ihnen schon das Geld."
„Dann will ich aber eine Revanche," schrie Jupp. „Die kannst du haben," meinte Catweazle: "Aber dann doppelter Einsatz, damit ihr eine Chance habt euer Geld wieder zurückzugewinnen!"
Damit waren alle vier Spieler einverstanden und jeder von ihnen legte hundert Euro auf den Billard-

tisch. Jupp allerdings war immer noch außer sich vor Wut, weil die beiden ihn auf so plumpe Art und Weise abgezockt hatten. Und dieser Spielhallenbetreiber war doch auf deren Seite!

Er konnte sich nicht mehr auf das Spiel konzentrieren, so sehr war sein Blutdruck in die Höhe geschnellt. „Hau nicht so auf die Kugeln drauf", ermahnte ihn Gustav immer wieder: "Es ist wie mit den Frauen, wenn man die sanft behandelt, dann machen sie was man will!"

„Ach", sagte der Bombenleger, „das kenne ich aber anders!" So ein blöder Hund dachte Jupp und prügelte die weiße Kugel dermaßen über den Tisch, dass sie von Bande zu Bande raste, die schwarze Kugel traf und in einer Seitentasche verschwand. Die schwarze Kugel tuschierte noch eine sogenannte halbe Kugel ehe sie ins gleiche Loch fiel, wie die weiße.

„Dreimal verloren!" meinte der Bombenleger.

„Zuerst die weiße versenkt, dann die schwarze versenkt, obwohl das nicht eure letzte Kugel war. Und dann noch die schwarze ins selbe Loch wie die weiße gespielt und nicht in das gegenüberliegende! Macht dreihundert Mäuse!"

„Du hast doch wohl nicht mehr alle Latten am Zaun!" schrie Jupp. Und wieder musste der Spielhallenbetreiber als Schiedsrichter funkgieren.

„Wenn du tot bist, dann bist du tot! Und dann bist du nicht dreimal tot! Und so ist das hier mit dem Einsatz auch! - Ihr habt um hundert Euro gespielt, also bekommt ihr auch nur hundert!"

„Welch weiser Mensch", lobte Jupp ihn und dachte jetzt nicht mehr, dass er mit den beiden anderen unter einer Decke steckte. So schnell konnten sich die Ansichten ändern.

Gustav stieß Jupp seinen Ellenbogen in die Rippen und forderte ihn auf, ihm zu folgen:

"Da drüben ist eine Trinkhalle, Jupp!"

„Torben Hohlman ist übrigens nicht dein Nachbar," rief ihnen der Spielhallenbetreiber noch nach: „Der war mal Weltmeister im 9-Ball Billard!"

„Nee, Weltmeister im 9-Ball Billard war mein Nachbar noch nie, vielleicht aber im Taschenbillard?" Woher sollten sie also diesen Weltmeister kennen, denn schließlich spielten sie Poolbillard und Torben, also der mit dem 3-Tage-Bart, hieß ja eigentlich richtiger Weise Hörmann.

Nach dem dritten Bier schwärmte Jupp immer noch davon, wie souverän er vorhin am Billardtisch aufgetreten war. Die beiden anderen hätten das Geld ja nur gewonnen, weil sie ihn betrogen hatten. Und die Revanche sei nur deshalb verloren gegangen, weil er an der Tischkante abgerutscht war und die weiße Kugel deshalb so einen Speed bekommen und dadurch alles mitgerissen hatte. Das war ein Unglück! Er fügte dann noch an, dass sie doch lieber ins Puff gegangen wären, denn für so viel Geld hätte sie möglicherweise mehr Spaß gehabt als bei diesem unglückseligen Billardspiel.

Doch durch einen Blick in seinen Geldbeutel erkannte er, dass der Inhalt heute dafür nicht mehr reichen würde. Und so bestellte er noch zwei Biere für knapp drei Euro. Denn schließlich ging Saufen immer!

Nach der sechsten Flasche Bier versuchten sie immer noch zu ergründen, warum der Abend in der Sportsbar dermaßen danebengegangen war.

Sie kamen erst darauf, als sie feststellten, dass das neue Lebensmotto von Gustav kein Glücksspiel beinhaltete und man sich deshalb wieder auf die drei darin verankerten Dinge konzentrieren sollte. Denn das mit den Drogen, auch wenn es für den Augenblick nur ein Bier war, beherrschten sie ja immer wieder mit Bravour.

Selbstbefriedigung

So gingen die Tage dahin. Gustav traf sich jetzt
immer wieder mit Jupp. Sie trainierten. Auch wenn
das Glückspiel nicht zu Gustavs Lebensmotto
passte, so schmerzte der Verlust der dreihundert
Euro doch sehr. Sie wollten die Summe erst gar
nicht in Bierdosen umrechnen. Der Verlust wäre
dadurch nur noch ins Unermessliche gestiegen.
Nein, sie trainierten und zwar Billardspielen.
Eines Tages würden sie wieder an den Ort ihrer
unglücklichen Niederlage zurückkehren und es
diesem Catweazle und dem Bombenleger zeigen.
Sie würden die beiden bis auf die Unterhose aus-
nehmen.
„Ist es dir eigentlich schon aufgefallen Jupp, dass
wir beide zur Zeit jeder Frau den Kopf verdrehen?"
„Nein, das ist mir ganz und gar nicht aufgefallen.
Denn wenn dem so wäre, dann würden wir hier
nicht an Queuespitzen rumspielen. Wie kommst du
nur auf so einen Blödsinn?" „Naja," meinte Gustav:
„Wir verdrehen allen Frauen den Kopf - immer
wenn wir kommen, schauen sie zur Seite!"
„Du blöder Hund! Konzentriere dich auf das Spiel!
Und wenn du schon wieder Notstand in deiner Hose
hast, dann besorge es dir doch mal selbst, so zwischendurch. Ich meine ja nur so lange, bis wir allen
Frauen den Kopf nicht mehr verdrehen!"
Nach dem Training landeten sie dann immer in
Jupps Stammkneipe. „Und Jungs, geht was" wollte
Volker der Wirt wissen. „Na klar, irgendwas geht
immer. Aber zur Zeit befinden wir uns im Trai-
ningslager, da sind Frauen nicht erlaubt. Denn an
so eine große Sache muss man ganz professionell
ran gehen. Keine Frauen und kein Sex!" „Und wie
ist das mit dem Alkohol?" „Viel trinken, sagt unser
Teamarzt immer, viel trinken!"

„Und Gustav, wie ist die Lage?" fragte Udo der Taxifahrer, welcher nach etlichen Bieren gerufen wurde.
„Alles klar, ich trainiere jetzt!" „In der 0,5 Liter-
klasse?" „Quatsch, ich spiele Billard, ich will so gut
wie der Torben Hohlman!" „Ach Torben Hohlman,
der Weltmeister im 9-Ball Billard! Alle Achtung,
Gustav, da hast du dir aber viel vorgenommen. Und
wie verträgt sich das mit dem Saufen?"
„Gut, sagt unser Teamarzt, das ist gut wegen der
Mineralstoffe, wie zum Beispiel viel Kalium und
wenig Natrium. Die haben eine günstige Zusam-
mensetzung und das enthaltene Silizium wird vom
Körper gut absorbiert. Und natürlich auch wegen
der B-Vitamine: Thiamin, Riboflavin, Pyridoxin,
Cobalamin, Niacin, Folsäure und Pantothensäure."
„Wegen was?" „Ja, wegen der Bier-Vitamine eben!
Das weiß man doch!" - „Ach ja, alles klar."
Trotz der vielen Biere konnte Gustav an diesem
Abend nicht einschlafen. Er dachte an den tollen
Sex, den er mit Johanna gehabt hatte und glaubte
eine kleine Ausdehnung im Unterlaib zu spüren.
„Und wenn du schon wieder Notstand in deiner
Hose hast, dann besorge es dir doch mal selbst,
so zwischendurch.", hatte Jupp doch gesagt. Also
legte er sich ins Bett und versuchte unterhalb
seines Bierbauches das kleine Ding, mit dem man
Sex machte zu finden. In dem dichten Wald seiner
Schamhaare konnte er es aber nicht so leicht erwi-
schen. Nach einigen Versuchen hielt er ein kleines
Ding in der Hand, von dem er annahm, dass es
das sei, wonach er gesucht hatte. Es kam ihm im
Vergleich zu den anderen Haaren etwas dicker vor.
Also nahm er die Spitze dieses Dingens zwischen
zwei Finger und begann daran zu reiben. Aber so
sehr er sich auch mühte, es tat sich nichts. Wahr-

scheinlich vertrug sich sein Training nicht mit Sex. Ihm fiel ein, dass Profisportler vor dem Wettkampf ja auch keinen Sex haben sollten. Das hatte er so irgendwo schon mal gelesen. Aber wenn er so recht überlegte, dann hatte er ja keinen Wettkampf vor sich. Also könnte es doch klappen. Es klappte nicht!

Dann fielen ihm seine Pillen ein, die schon eine ganze Weile lang auf einen Einsatz warteten. Aber wie hatte sein Hausarzt doch gleich gesagt? Sie sollten sich zuerst stimulieren lassen. Denn ohne Stimulierung ginge da auch nichts. Der hat gut reden, ging es durch Gustavs Kopf: Wo soll ich denn jetzt eine Stimulierung herbekommen?

So langsam zeigte das Bier Wirkung. Gustav begann müde zu werden. Doch noch ein zweites Mal versuchte er sein Glück. Dann fiel ihm ein, dass diese Pillen ja fast eine Stunde brauchten, um zu wirken. Und da seine Augenlider immer schwerer wurden, bekam er Zweifel, ob er die Wirkung überhaupt noch mitbekommen würde. Denn schließlich wurde auch Johanna das eine oder andere Mal vom Suff oder der Müdigkeit übermannt, noch bevor er überhaupt tätig werden konnte.

Nein! An dieser Stelle brach der Geiz über Gustav herein. Was wäre das denn für eine Verschwendung, wenn er jetzt so eine Pille einwerfen würde, dessen Wirkung er möglicherweise verschliefe.

„Und manchmal reichte auch eine halbe Tablette aus, um seinen Pflichten ordnungsgemäß nachzukommen.", kam ihm der Ratschlag dieser Ärztin in den Sinn, der er ja überhaupt seine missliche Lage zu verdanken hatte.

Doch die Idee fand er nicht schlecht, würde er doch dadurch den Verlust halbieren können. Er stand bereits vor dem Medizinschrank als ihm panikartig einfiel, dass diese Tabletten eine Wirkung bis zu 36

Stunden haben konnten. Und er konnte sich nur
zu gut an das letzte Mal erinnern, als er volle 36
Stunden mit dieser Latte rumgerannt war. All diese
Überlegungen trieben ihn ins Bett zurück.
Sex musste spontan kommen! Ein derartiges Für
und Wider nahm ihm jegliche Lust.
Und es verinnerlichte in keiner Weise sein Lebens-
motto: Drogen, Sex und Rock'n'Roll und dann mit
Schwung ab in die Kiste!
Also glitt seine Hand zurück in seine Unterhose, wo
sie dieses etwas dickere Ding zurück zu den seinen
legte und in die weichen Schamhaare einbettete.
Gustav, wir müssen reden, streifte es durch seine
Gedanken. „Du stehst jetzt an einem Punkt, an
dem Entscheidungen gefällt werden müssen."
Aber das fiel ihm schwer, schon alleine deshalb,
weil die Formulierung „Du liegst jetzt an einem
Punk" die Situation wesentlich besser getroffen
hätte. Gustav war frustriert. Die Gedanken trieben
ihn um, sie trieben ihm so sehr um, dass er nicht
zum Einschlafen kam. Die Müdigkeit und der Suff
waren den blanken Tatsachen gewichen.

Er sprang mit Schwung aus der Kiste, ging in die
Küche, holte sich ein Bier aus dem Kühlschrank
und begann erneut über sein Leben nachzudenken.
Aus dem Radio ertönte „Suspicious Minds" von
Elvis Presley. „Wir können nicht so weitermachen,
mit misstrauischen Gedanken - wir können keine
Träume aufbauen auf misstrauischen Gedanken!
Traute er seinem Lebensmotto nicht mehr? War er
misstrauisch geworden, gegenüber dem Weg, den er
eingeschlagen hatte?
Auch nach dem dritten Bier kam er zu keiner wirk-
lichen Lösung. Doch die Bier-Vitamine schienen
seine Laune zu verbessern. Am Ende einer langen
Nacht fand er: "Saufen geht immer!"

Basketball

Gegen Mittag klingelte es an der Haustüre.
Sabine, seine Tochter, samt Engelkind Max, wollten
mal wieder nach dem Opa sehen. Gustav fand es
nicht gut, wenn seine Tochter „Opa" zu ihm sagte,
denn schließlich war er ja ihr Vater. Und übrigens
musste nicht immer gleich die ganze Stadt wissen,
dass er ein Opa war. Denn gerne schrie sie das
auch durch die Fußgängerzone. Und dann drehten
sich alle zu ihm um. Und er schaute zurück und
dachte sich: "Habt ihr noch nie einen Opa gesehen?
Aber wahrscheinlich noch keinen der so gut aussieht wie ich!"
„Siehst irgendwie mitgenommen aus, heute Morgen!" stellte sie fest als sie ihm zwei Küsschen
auf die Wangen gab. „Ich glaube du könntest mal
wieder Bewegung gebrauchen."
Und schon saßen sie in ihrem Auto und fuhren
Richtung Kinderspielwiese. „Was ist eigentlich
mit deinem Führerschein?" fragte sie ganz beiläu-
fig. „Ich habe heute einen Brief von Landratsamt
bekommen. Einen Idiotentest muss ich nicht
machen, zu wenig Promille - 1,5!" gab er zurück.
Denn schließlich war er ja nicht so bescheuert,
dass er auch noch eine MPU machen musste.
Er fuhr immer hart am Limit, auch mit Alkohol.
Man hat sich ja schließlich im Griff! Und man
ist einfach nur cool! Und man weiß ja, was man
macht!
„1,5 Promille? Ich dachte immer, dass man da unbedingt zur Medizinisch-Psychologische Untersu-
chung gehen muss?" „Nein erst ab 1,6!"
„Oh, da hast du ja einfach nur mal Glück gehabt!",
meinte seine Tochter. Nun, so konnte man es auch
sehen.
Aber was stand denn heute auf dem Programm?

Basketball, wir werden ein paar Bälle werfen. Max war schon ganz heiß darauf seinem Opa zu zeigen wer der Chef auf dem Court war. „Mama und ich spielen gegen dicht, Opa. Weil du ja mehr als doppelt so alt bist als wir. Du bist eigentlich zwei!"
Und schon ging es los. Max schnappte sich den Ball und rannte wie wild auf vor dem Korb hin und her. Noch bevor der Opa im Spiel war, stand es schon 2:0 für die Jungen. Immer wieder und wieder holte Max sich den Ball und spielte quasi für sich alleine. „Du, das ist aber nicht gut, was du da machst! Denn im Sport ist man ein Team. Und du solltest deiner Mutter auch mal den Ball geben!"
Das tat er dann auch und so witterte Gustav seine Chance, in dem Wissen, dass seine Tochter nicht die größte Sportskanone war. Es gelang ihm tatsächlich ihr das eine oder andere Mal den Ball abzunehmen und zum 2:2 auszugleichen. Und es gelang ihm auch den einen oder anderen Ball, der den Weg nicht in den Korb fand zu schnappen, weil er größer als sein Enkelkind war. Plötzlich stand es 2:5 für den alten. Die Tochter schnappte ab nun keine Bälle mehr, nein sie schnappte nur noch nach Luft, weil die Kondition bereits jetzt am Ende war.
„Was sind das nur für Luschen, diese jungen Leute," dachte Gustav. Einen Gegner hatte er bereits müde gespielt. Die Tochter fand Platz auf einer Bank und zündete sich gleich mal eine Kippe an. Die hatte sie sich redlich verdient, nach so einem packenden Spiel. Jetzt galt es für Gustav auch den zweiten niederzuspielen. Es gelang ihm auf 9:5 davon zu ziehen. „Du musst den Ball unten rum spielen, Max. Da kommt der Opa nicht dran, der kann sich doch nicht mehr bücken.

„Opa, wir spielen bis 20", gab der Bub nun auf einmal die Marschroute vor. „Ach du Scheiße," dachte Gustav: „Eigentlich bin ich jetzt schon fertig!" Max legte sich mächtig ins Zeug angefeuert von seiner Zigarette rauchenden Mama. Im Spiel eins gegen eins hatte der Kleine sichtlich Vorteile. Er ließ den Ball einmal vor seinem Opa auftippen, sodass dieser von rechts nach links an seinem Gegner vorbeisprang. Er selbst rannte hinter Gustav herum und fing den Ball wieder, noch bevor Gustav seine müden Knochen auch nur in Richtung Ball drehen konnte. Und als er es endlich geschafft hatte, warf der Knirps den Ball schon wieder vor ihm vorbei, um ihn auf der anderen Seite wieder aufzufangen. Der Opa versuchte mehr oder weniger erfolgreich den Korb zu sichern und ein paar Bälle, die von diesem zurück ins Feld sprangen zu fangen. Doch auch da war der Enkel schneller. Ganz frustriert blieb Gustav stehen, als dem Kleinen auch noch ein Wurf gelang, bei dem er mit dem Rücken zum Korb stehend auch noch hineintraf. „Halbzeit!" rief der Opa beim Stande von 15:12 für den Enkel!

„Keine Kondition mehr?", fragte die Tochter, die bereits bei ihrer dritten Zigarette war. Na, die hatte gut reden. Die Pause war nur kurz, weil Max keine Ruhe gab. Er hatte den Sieg schon vor Augen und wollte unbedingt weiterspielen. „Komm du Flasche, ich bin ja eh viel besser als du!", forderte er seinen Opa zur zweiten Halbzeit auf. Der weiß auch nicht, genauso wie viele andere Menschen, das ein Spiel erst nach dem Abpfiff gewonnen ist, dachte sich Gustav. Und er wollte sich nicht die Schmach geben gegen diesen Angeber zu verlieren, den er in Augenblicken wie diesen, überhaupt nicht mehr leiden konnte! Und er änderte die Taktik. Er überließ dem Enkel den unteren Teil des Spielfeldes und konzentrierte sich selbst auf den oberen.

Und so fing Gustav Ball für Ball ab, wenn sein Enkelkind den Korb nicht sicher traf und der Ball vom Korb Rand wieder ins Spielfeld zurücksprang. Dann stellte er sich direkt unter den Korb und verhinderte, dass Max fast keinen Ball mehr zu fangen bekam, denn schließlich war der Opa größer.

Am Ende stand es 16:20 für Gustav. „Ach Opa, du bist gemein. Du hättest ihn doch gewinnen lassen können!" tadelte ihn seine Tochter. „Wieso denn: Verlieren gehört zum Leben dazu, weil es den Charakter stärkt. Außerdem sei es keine Schande gegen ihn, dem Opa, zu verlieren. Denn der bessere gewinnt halt!"

„Mir macht es nichts aus, Opa, wenn ich gegen dich verliere. Denn du wirst immer älter und kleiner und ich werde immer älter und größer. Und dann seife ich dich so richtig ein!"

Solche Sprüche machten Gustav immer so müde. Warum konnte der Kerl sich nicht einfach nur ärgern und keine gute Laune mehr haben? Aber es war genau umgekehrt. Gustav ärgerte sich über diesen eingebildeten Gnom und ärgerte sich noch viel mehr, als er daran dachte, dass es ihm nicht gelungen war, vor ein paar Wochen, den Kleinen im Fußball Stadion abzuschießen!

„Ihr könnt mich bei Volker absetzen. Ich habe bei meinem sensationellen Sieg einen hohen Flüssigkeitsverlust gehabt, den es gilt wieder aufzufüllen." Man wünschte sich noch einen schönen Abend und schon trat Gustav in Jupps Stammkneipe ein, die sich so langsam auch zu seiner entwickelte.

„Und schon wieder im Training gewesen?" wollte der Wirt wissen.

„Na klar", erwiderte Gustav: „Heute mal Basketball. Basketball ist ein geiler Sport, weil alle deine Körperteile im Einsatz sind!"

„Spielt man das mit dem Pimmel?" fragte Jupp, der am anderen Ende der Theke saß. „So ein Quatsch. Du hast alle Muskeln im Einsatz. Und wenn der Ball in deine Richtung fliegt, dann musst du blitzschnell reagieren. Das ist das, was du schon lange nicht mehr kannst! Und dann drehst du ganz geschmeidig deine Hüften und springst nach oben. Dabei machst du dich ganz lang und streckst deine Wirbelsäule aber mal so richtig durch."

„Oh ja, Gustav, das habe ich mir gleich gedacht, als du reinkamst. So geschmeidig in der Hüfte, wie einst Schmidtchen Schleicher! Aber wenn du so fit bist, warum sitzt du dann nicht auf einem Barhokker am Tresen."

„Weil man nach dem Sport noch nachglühen muss! Dafür ist eine relaxte Sitzhaltung ganz wichtig, du Komiker. Wann hast du denn eigentlich das letzte Mal Bälle geworfen? Du kannst doch gar nicht mitreden, mit uns Profis!"

„Ich habe noch nie Basketball gespielt, denn ich bin im Runden schmeißen besser, als im Bälle werfen," antwortete Volker und stellte ein Tablett mit Schnaps auf den Tisch.

„Ja, da bist du gut drin," mischte sich nun Jupp ein: „Aber von Sport scheinst du keine Ahnung zu haben. Du kannst doch meinem Teamkollegen keinen Schnaps geben, wenn der gerade noch in der Cooldown Phase ist!" Sprach's und riss sich sogleich auch Gustavs Glas mit unter den Nagel. Dieser protestierte lautstark, sodass ihm Volker gleich mal einen doppelten hinstellte.

So nahm das Besäufnis seinen Lauf. Torkeln verließen die beiden Sportskanonen die Kneipe, um sich auf den Heimweg zu machen. Eine Straße weiter begegneten sie völlig unverhofft den Bombenleger und sein Catweazle. „Oh, habt ihr wieder trainiert?", wollte dieser wissen. „Na klar haben

wir trainiert, ihr zwei Hohlköppe! Wir zieh'n euch
allemal im Billard ab - von mir aus auch gleich
um einen Hunderter!" raunzte Jupp zurück. Nicht
weit entfernt lag diese Sportsbar aus der Jupp
und Gustav schon einmal rausgeflogen waren. Die
beiden meinte da noch eine Rechnung offen zu
haben und so einigte man sich, die Billardpartie
hier auszutragen. Gleich beim Reinlaufen machte
Jupp den Spielhallenbesitzer an: „Hör mir bloß
auf, du Affe, wir wissen ganz genau das die Dinger
Queues heißen und die Kugeln kannst du uns auch
gleich mitgeben!" „Ja, kannst du. Wir haben nämlich bei Torben Hohlman Unterricht genommen",
ergänzte Gustav. „Na dann muss das ja was geben!"
meinte der Mann hinter der Theke unbeeindruckt.
Ja, und dann gab es wirklich was:
Gustav und Jupp waren so betrunken, dass sie
nicht wirklich im Stande waren Billard zu spielen.
Der Bombenleger und Catweazle sahen ihre Chance
und zogen die beiden so richtig ab. Am Ende hatte
jeder von ihnen vier hundert Euro verloren.
„Hier hast du deine Stöcke zurück," sagte Gustav,
als er die Queues auf die Theke legte, die sind
irgendwie krumm heute und haben zwei Spitzen."
„Und die Bälle sind auch Scheiße, die sind ja doppelt so viele als sonst", meinte Jupp.
Heute bedurfte es nur eines kleinen Schubser um
die beiden hinaus auf die Straße zu befördern.
Der Bombenleger gab ihnen großzügig zehn Euro,
damit sie sich in der gegenüberliegenden Trinkhalle noch ein Bier leisten konnten. Zunächst warf
Jupp das Geld auf die Straße, da sie natürlich in
der Trinkhalle anschreiben lassen konnten. Hob es
dann aber wieder auf. "Vielleicht fürs Taxi!"
Die beiden nahmen also noch ein paar Biere und
konnten sich nicht erklären, warum sie heute verloren hatten, denn sie waren doch aktiv im Training?

Physische und psychische Probleme

An diesem Morgen ging es Gustav nicht gut.
Der gestrige Tag mit den unglaublichen Ereignissen
hatte sich negativ auf seinen Zustand niederge-
schlagen.
Gerade als er das erste Mal die Augen öffnete
klingelte das Telefon. So gut es ging schleppte er
sich ins Wohnzimmer um den Hörer abzunehmen.
„Guten Morgen!", schlug ihm eine überaus freundli-
che Stimme entgegen: "Hier ist die Ilse!"
Ilse, wer war doch noch gleich Ilse. So fit, dass er
darauf kam, war er heute Morgen noch nicht. Erst
als sie sagte, dass die sechs Wochen Wartezeit jetzt
vorbei waren, wusste er, wer am anderen Ende der
Leitung war.
„Oh, das ist ja toll! Ja, ich meine schon, dass das
jetzt toll ist, mit den sechs Wochen. Aber eigentlich
meine ich, dass es toll ist, dass du, äh Sie gerade
heute anrufen. Ich glaube ich brauche einen Arzt.
Mir geht es nicht besonders!"
Das traf sich gut. Also nicht, dass es ihm schlecht
ging, nein, dass er gerade heute einen Arzt brauchte. Da konnte man die Blutabnahme ja gleich
mitmachen, um ihn auf seine Tauglichkeit für die
wissenschaftliche Forschungsarbeit zu testen.
Sie gab ihm einen Termin, der etwas knapp war,
sodass er sich ein Taxi nehmen musste.
„Wie Gustav, heute schon so früh unterwegs? Nach
der letzten Nacht? Du schuldest mir übrigens noch
16,40 Euro für die Heimfahrt von gestern Abend!",
überfuhr ihn Udo der Taxifahrer.
Also er überfuhr ihn nicht mit dem Auto, sondern
mit einem Wortschwall.
„Hör mir bloß mit sowas auf, Udo. Mir geht es heute
sowohl physisch als auch psychisch nicht gut. Und
diese Fahrt musst du auch anschreiben. Ich hatte

noch keine Zeit auf der Bank vorbei zu schauen.
Und nun quatsch nicht so viel rum, fahr mich
lieber ins Krankenhaus. Ich habe da einen Termin
in fünfzehn Minuten!"
„Oh, das wird knapp. Aber wie geht es dir nicht
gut? Physisch und psychisch? Hast du eigentlich
eine Ahnung, von was du da redest?"
Natürlich hatte Gustav Ahnung: „Psychisch heißt
seelisch oder den Geist bzw. die Psyche betreffend.
Es beinhaltet Aktivitäten wie Lesen, Denken oder
geistig fit sein und so ein Zeug halt. Zu psychischen
Krankheiten gehören Depressionen, Essstörungen
oder Demenz. - Physisch heißt körperlich oder den
Körper betreffend und beinhaltet Aktivitäten wie
Sport, Spielen, Bumsen und so was alles. Zu physi-
schen Krankheiten zählen Kreuzschmerzen, Muskelkater und Kopfweh. Aber das weiß man doch
oder man liest es bei Wikipedia nach!"
Gustav kam ziemlich schnell am Empfang im
Krankenhaus vorbei, sodass er es tatsächlich noch
pünktlich schaffte bei der Ärztin zu sein.
„Hallo Ilse ...". „Entschuldige Gustav, aber können
wir beim „Sie" bleiben. Also zumindest solange, wie
wir es hier beruflich miteinander zu tun haben!"
Das war für ihn kein Problem und so fragte sie ihn,
was denn der Grund für sein schlechtes Befinden
sei. „Ich habe Basketball gespielt!"
Er hätte wetten können, dass sie wieder fragte:
"Und das in ihrem Alter?" Er hätte die Wette gewonnen. Die körperlichen Schmerzen, die er überall
spürte waren physischer Natur: Sprich er hatte
einen wahnsinnigen Muskelkater und sein Kreuz
hatte von den hohen Bällen sehr gelitten. Alles
in allem sei das aber nicht so schlimm, in ein
paar Tagen würden die Beschwerden von selbst

verschwinden. Insgeheim wusste er es natürlich selbst, dass er sich beim Basketballspielen mit seinem Enkel übernommen hatte. Aber so eine ärztliche Bestätigung gab doch sehr viel Ruhe. „Aber das mit der Depression, das war nicht zu unterschätzen!" „Wie bitte, psychische Probleme haben Sie auch? Was haben Sie denn gemacht?", wollte die Ärztin wissen. „Ich habe Billard gespielt, um Geld, um sehr viel Geld!" „Was und das in Ihrem Alter?" Wenn sie diesen Satz noch einmal sagen würde, würde er in eine solche Depression fallen, aus der er niemals wieder herauskommen könnte. „Ja, ich habe Billard um Geld gespielt und komme nicht drauf, warum ich verloren habe. Ich hatte doch wochenlang davor trainiert. Ich glaube ich brauche mehrere Sitzungen, um da wieder raus zu kommen. Denn ich hatte an diesem Abend ja eher wenig getrunken!"

„Wenn sie unter Alkoholeinfluss Billard gespielt und dann zu Recht verloren haben, dann ist das kein psychisches Problem. Dann ist das einfach nur Dummheit. Und Dummheit tut zuweilen auch weh! Diese Schmerzen werden ebenfalls vergehen, aber wahrscheinlich nicht in ein paar Tagen!"

Dann nahm sie ihm Blut ab, um herauszufinden ob er für ihre wissenschaftliche Arbeit der richtige Kandidat war. „Ich bekomme das Ergebnis übermorgen, dann rufe ich an, um den weiteren Verlauf mit ihnen festzulegen. Bis dahin aber bitte auch keinen Sex, damit das Ergebnis seinen Wert behält. Udo hatte vor dem Krankenhaus gewartet. Er wollte sichergehen, dass er sein Geld von Gustav bekam. Deshalb fuhr er ihn zunächst an einen Bankautomaten vorbei und setzte ihn danach bei Volker ab. „Dumm gelaufen gestern Abend", wurde er vom Wirt empfangen: „Also Puff hätte mehr Spaß gemacht und wahrscheinlich nicht so viel gekostet!"

„Hör mir doch damit auf, siehst du nicht, dass ich sowohl psychische als auch physische Probleme habe? Die Nutten hätten im Moment keinen Spaß an mir!"

Im Moment und in anderen Momenten doch wohl auch nicht, dachte sich Volker. Wie konnte man nur so dumm sein und mit seinem Enkel auf dem Spielplatz rumrennen um Basketball zu spielen. Da hätte er sich doch viel besser ein paar Biere eingeworfen.

Von denen hätte er nur einfaches Kopfweh, anstatt Kopfweh, Kreuzschmerzen und Muskelkater bekommen.

Und dann noch besoffen Billard spielen, eine Menge Geld verlieren und am Ende noch auf der Straße liegen.

Da wäre er besser ins Puff gegangen, hätte weniger Geld ausgegeben und wäre in einem warmen Bett gelegen. Die Damen hätten bestimmt gewusst, wie man ihm aufrichtet, also Gustav, sodass er nie und nimmer Depressionen bekommen hätte.

Und dann rennt er noch ins Krankenhaus um sich Rat und Beistand zu holen. So ein Depp. Hier in der Kneipe bekommt er dasselbe doch jeden Tag umsonst. Manchmal waren die Menschen einfach nur blöd. Sie sahen oft nicht wie nahe das Gute an ihnen dran war.

Ja blöd sind sie und werden darüber psychisch krank. Dann bilden sie sich Sachen ein und grübeln so lange über ihr schweres Schicksal nach um im Anschluss daran noch physisch krank zu werden.

Dabei hatte Gustav doch so ein tolles Lebensmotto: Drogen, Sex und Rock'n'Roll!

Volker konnte darin weder Sport noch Spiel erkennen. Warum machte Gustav denn so einen Scheiß. Vielleicht sollte er ihn mal daran erinnern?

Im Dienst der Wissenschaft

Ungerne gab Gustav Volker Recht. Tatsächlich war unter dem Lebensmotto nichts von Spiel und Sport zu finden. Aber er wollte ihm auch nicht verraten, dass er in gut zwei Tagen zu seinem Slogan zurückkehren sollte. Er war sich ziemlich sicher, dass er den Gesundheitstest bestehen würde, um im Dienst der Wissenschaft rum zu bumsen. Zwei Tage später kam die Mitteilung, dass der Test gut ausgefallen war und Frau Doktor sich am Abend mit ihm treffen wolle, um die erste Testreihe zu beginnen. Man verabredete sich für halb sieben, da ja bekanntlich die Medikamente eine gewisse Zeit brauchten, bis sie zu wirken begannen. Ohnehin müsse der Schriftkram und die Formalitäten geklärt werden, den schließlich hatte diese Angelegenheit ja einen seriösen Hintergrund.
Ilse war äußerst pünktlich, nicht zuletzt deshalb, weil sie Gustav noch einmal vergegenwärtigen wollte, wie wichtig die Sache hier war. Dann holte sie ein großes DIN-A4 Formular aus ihrer Doktortasche - in fünffacher Ausführung. Aber halt, als allererstes musste Gustav eine kleine hellblaue Tablette einwerfen, damit auch die Testreihe pünktlich um halb acht beginnen konnte. Sie zog einen kleinen Terminplaner aus ihrer Tasche - schick in grünem Samt gefasst. An den Ecken schien er schon ein wenig abgegriffen zu sein, wahrscheinlich von Aufzeichnungen früherer Testreihen.

Datum	Uhrzeit	Art.-Nr.	Name
21.08.21	18:38	4711-0815	Gustav Biedermann
Bemerkung	18:40	Beginn der Testreihe 35-1	

Dann ging es darum den fünffachen Fragebogen

auszufüllen. Darin handelte es um meist persönliche Daten, Vorerkrankungen, Allergien und so einem Zeug. Es wurde ausdrücklich darauf hingewiesen, dass es für die bevorstehende Testreihe kein Geld gab, kosteten die verwendeten Medikamente ja sehr viel Geld. Außerdem würde das ärztliche Personal diese Testreihe ehrenamtlich und während ihrer Freizeit durchführen. Da sei es doch nur verständlich, dass die Testpersonen ebenso unentgeltlich einbezogen würden, zumal sie eine Menge Spaß dabei haben werden.

Schade, dachte Gustav. Jetzt wo er doch gerade so viel beim Billardspiel verloren hatte, täten ihm die paar Euro schon ganz gut.

Pünktlich um halb acht forderte Ilse ihm auf, seine Hosen auszuziehen. Sie wollte prüfen, ob die Wirkung der Pille schon eingesetzt hatte.

„Willst du nicht mal deine Schamhaare abrasieren? In dem Gestrüpp kann ich deinen Penis gar nicht finden!"

Irgendwie mochte er diese Ärztin nicht. Es konnte ja sein, dass sein Glied noch nicht auf die erhoffte Größe angeschwollen war. Aber dass man es zwischen den Haaren nicht finden konnte, das glaubte er ihr nicht. Da musste sie schon sehr übertreiben. Oder aber es war Teil des Testprogramms. So nach dem Motto, den mache ich erst mal fertig, dass er sein Selbstbewusstsein verliert. Und dann sehen wir ob die Pille trotzdem wirkt!

Da war sie aber bei Gustav an der falschen Adresse. Selbstbewusst sagte er ihr, dass selbst beim Einsatz von Potenzmittel es unabdingbar sei, den Partner zu stimulieren. Und Partner seien sie ja wohl, so im Dienst der Wissenschaft. Im Übrigen würde er, wenn sie zusammenarbeitete, Ilse zu ihr sagen!

75

Damit war sie einverstanden, griff hinter sich und holte das grüne Buch hervor. Dann sah sie noch einmal auf sein Glied und ergänzte die Bemerkungen:

Datum	Uhrzeit	Art.-Nr.	Name
21.08.21	18:38	4711-0815	Gustav Biedermann
Bemerkung	18:40	Beginn der Testreihe 35-1	
	19:30	Proband zeigt noch keine Reaktion	

„Bist du sicher, dass das die richtige Tablette war?" Sie warf ihm einen abfälligen Blick entgegen. Wie konnte er nur an ihrer Kompetenz in Sachen Potenz zweifeln?

„Ich denke, dass du noch zu nervös bist und dein innerer Widerstand gegen wissenschaftliche Experimente die Ausweitung deines Horizonts bzw. Schniedelwutzes hemmt. Hast du mal ein Bier da, vielleicht trägt das zu einer Lockerung bei?"

Natürlich hatte er Bier da. Etwas verunsichert fragte er sie, ob er seine Hose für den Gang in den Keller anziehen durfte oder ob sie der Testreihe schaden würde?

Nein, sie schadete nicht, denn es sei ohnehin noch nichts passiert und ja, er dürfe sie für den Kellergang anziehen.

„Und Musik? Könnte Musik bei den Untersuchungen nützlich sein?" „Ja, auch das", meinte sie. „Und ein wenig Kerzenlicht?"

Er fand die Schallplatte „Je t'aime moi non plus" ein Lied von Jane Birkin in seiner unendlich großen Plattensammlung. Und ein paar abgebrannte Kerzenstummel sorgten für den angebrachten Rahmen für ein Bumsen im Dienst der Wissenschaft.

Das Bier schmeckte wie immer gut und auch Ilse war einem zweiten nicht abgeneigt.

Datum	Uhrzeit	Art.-Nr.	Name
21.08.21	18:38	4711-0815	Gustav Biedermann
Bemerkung	18:40	Beginn der Testreihe 35-1	
	19:30	Proband zeigt noch keine Reaktion	
	19:45	Proband bemüht sich um angenehme Atmosphäre und Enthemmung durch Alkohol.	
	20:30	Proband zeigt immer noch keine Reaktion	
	21.00	Ende der Testreihe 35-1	

„Es war wirklich schön bei dir Gustav. Und es tut mir sehr leid, dass es heute noch nicht geklappt hat. Aber die Nervosität spielt da natürlich ganz hart rein. Nette Wohnung hast du, gutes Bier und tolle Musik. Kannst du mir bitte ein Taxi rufen, ich glaube ich bin betrunken!"
Gerade als Gustav zum Telefon abdrehte, begann sich etwas in seiner Hose zu regen. „Ich glaube jetzt wirkt die Pille. Willst du das mal untersuchen?" Ilse wollte.
Mit einem prüfenden Blick stellte sie fest, dass sich die Sache doch noch zum Guten gewendet hatte. Sie zog Gustav ins Schlafzimmer zurück, riss beiden die Kleidung vom Leib und schwang sich sogleich auf das Ding, welches jetzt tatsächlich größer als ein Schamhaar war.
Lustvoll befriedigte sie sich, wobei sie doch einige Mühe hatte, sich auf ihm zu halten. Das Bier hatte ganz schön reingehauen und ihr Gleichgewicht litt ein wenig darunter.
Dennoch, nicht nur der Proband fand Spaß an der überraschenden Wende und so mühten sie sich beide bei der Stange zu bleiben.
Nach zirka einer halben Stunde musste die Testreihe 35-1 dann endgültig abgebrochen werden, da

ein rauschender Schwindel die Testerin überfiel, sie das Gleichgewicht verlor und abrupt von Gustav auf die Matratze rutschte. „Schade", sagte sie. „Ich war gerade so schön in Fahrt!"

Datum	Uhrzeit	Art.-Nr.	Name
21.08.21	18:38	4711-0815	Gustav Biedermann
Bemerkung	18:40	Beginn der Testreihe 35-1	
	19:30	Proband zeigt noch keine Reaktion	
	19:45	Proband bemüht sich um ange-nehme Atmosphäre und Enthem-mung durch Alkohol.	
	20:30	Proband zeigt immer noch keine Reaktion	
	21.00	Ende der Testreihe 35-1	
	21:27	Testreihe 35-1 nach plötzlich auf-tretender Wirkung spontan wieder aufgenommen.	
		Proband überzeugt durch Standfe-stigkeit	
	22:00	Abbruch der Maßnahme wegen technischem Defekt am Prüfgerät	

Sie bestätigte Gustav einen gelungenen Start der Testreihe 35. Sie war mit der Entwicklung bzw. der Entfaltung der Dinge sehr zufrieden. Das musste eigentlich begossen werden und ein weiteres Bier wäre da wohl nicht schlecht. Gustav befand sich in einer ähnlichen Stimmung. Einen so überraschend guten Einstieg in die Wissenschaft hatte er sich auch nicht vorgestellt. Ilse kuschelte sich an ihn dran und konnte ihre Hand nicht unter Kontrolle halten. Zwischen zwei Schluck Bier fummelte sie immer wieder an seinem Ding rum. Das ging so weit, dass er tatsächlich einen Orgasmus bekam. Auf seine Frage, ob sie das auch in ihr grünes

Büchlein eintragen wolle, sagte sie: „Nein, das verbuche ich unter persönliche Erfolge."

Und schließlich sei die Testreihe für heute schon längst abgeschlossen. Aber morgen, morgen würde sie weitergehen, da sie, Ilse, stark davon ausginge, dass sein Schniedelwutz immer noch seinen Mann stehen würde, denn schließlich sollte die Wirkung der Tablette 36 Stunden anhalten!

Das kann ja heiter werden, dachte sich Gustav und rief nach dem gewünschten Taxi. Udo war überrascht, dass er es mit zwei Fahrgästen zu tun hatte. „Das ist Ilse, sie hatte einen Einsatz bei meinem Nachbarn, dem ist schwindelig geworden. Und da ich gerade zu Volker wollte, habe ich gedacht, dass wir sie mitnehmen können!" „Ja, ich kenne die Frau Doktor aus dem Krankenhaus. Das ist doch die, die sich deiner auch immer so gerne annimmt?" meinte er mit einem verschmitzten Lächeln.

Obwohl Gustav auch schon einige Biere intus hatte konnte er noch nicht schlafen. Irgendetwas trieb ihn noch nach vorne. Er nahm noch ein, zwei Bier am Tresen und war zufrieden mit seinem heutigen Tag und mit seinem Lebensmotto, von dem er heute alle drei Dinge erledigt hatte!

„Geiles Leben", entwischte es ihm mehrmals.

Später kam Jupp in die Kneipe und setzte sich zu ihm. „Du strahlst ja über alle vier Backen! Warst du im Puff?" Nein, so etwas hatte Gustav nicht nötig, war er doch Teil von etwas viel Größerem. Aber das sollte noch sein Geheimnis bleiben.

„Wollen wir mal wieder Billard spielen?" wollte Jupp wissen. Nein, auch dafür hatte er in den nächsten Tagen keine Zeit, denn schließlich musste die Testreihe 35 fortgeführt werden. Als Jupp die Ausbeulung an Gustavs Hose bemerkte, war ihm klar, dass er in nächster Zeit keinen Billardpartner haben würde - da lief doch was anderes!

Wissenschaft strengt an!

Am anderen Abend wurde das Taxi wieder zu Gustavs Haus gerufen. Doch dieses Mal stieg Torben, sein Nachbar, ein.

„Hallo Torben, geht's dir immer noch nicht gut? Oder warum brauchst du ein Taxi?" wurde er von Udo begrüßt. „Wieso soll es mir schlecht gehen? Mein Wagen ist zur Reparatur und deshalb brauche ich dich!"

„Nun, Gustav erzählte gestern, dass es dir schwindelig war und deshalb Frau Doktor auf einen Sprung bei dir vorbeikam."

Nein, da hatte Gustav wieder einmal geschwindelt. Frau Doktor war bei ihm zu Besuch und das einzige, weswegen es Torben schlecht erging, war die Tatsache, dass die beiden wie verrückt rumgerammelt haben. Am Schluss musste er sich noch Ohropax in die Ohren stopfen, damit er überhaupt in den Schlaf fand!"

Gustav und eine Frau Doktor, das mochte Udo nicht glauben.

„Komm mal eben mit nach oben, die ist nämlich schon wieder da, seit Punkt halb sieben. Und die rammeln schon wieder, dass sich die Balken biegen! Deshalb sollst du mich ja zu Volker in die Kneipe bringen, damit ich ein paar Stunden Ruhe habe!"

Sie verzichteten aber dann doch darauf, noch einmal in Torbens Wohnung zu gehen um das Treiben in der Nachbarwohnung zu belauschen. Udo überlegte nur kurz, welcher Balken sich denn bei Gustav biegen sollte?

Das Taxi bog an der Ecke ab, während sich Frau Doktor von Gustav abwandte, um die fehlenden Informationen in ihr in Samt eingefasstes Büchlein zu schreiben.

Datum	Uhrzeit	Art.-Nr.	Name
22.08.21	18:30	4711-0815	Gustav Biedermann
Bemerkung	18:30	Sofortige Fortführung der Testreihe 35-2.	
		Proband zeigt, sehr zur Freude des Testgeräts, immer noch dieselbe Reaktion wie am Vortag um 22:00 Uhr.	
	19:00	Seit Beginn der Testreihe am 21.08.21 um 21:27 Uhr sind nun 21,5 Stunden vergangen.	
	19:30	Proband zeigt Konditionsprobleme. Und das nach nur einer Stunde Testzeit.	
	20:13	Proband ist mit seiner Kondition am Ende und möchte nun lieber Tages-schau gucken.	
	20:15	Abbruch der Maßnahme wegen Weigerung des Probands die Testreihe an diesem Abend bis zu Ende durchzuführen. - Testgerät wäre aber durchaus dazu bereit und fähig!	

„Tut mir leid, Ilse, aber ich renne jetzt schon einige Stunden mit dieser Latte hier rum. Das ist ehrlich gesagt, nicht sehr angenehm. Außerdem turnst du heute schon wieder seit gut einer Stunde auf mir herum. Das strengt ganz schön an!"
„Wieso strengt es dich an, wenn ich am Turnen bin. Außerdem interessiert mich dein Zustand eher weniger. Was wir hier in akribischer Arbeit zu testen versuchen, ist die Wirkung der Pille mit der Artikelnummer 4711-0815. Da kann ich eigentlich

nicht auf deine Gebrechen Rücksicht nehmen. Laut den Berechnungen unserer Laborleitung müsste die Wirkung unserer Pille exakt 36 Stunden anhalten. Das bedeutet, dass sie morgen früh um Punkt 9:27 Uhr zu wirken aufhören sollte. Ich komme also morgen früh wieder vorbei, um das zu protokollieren!" Sprach's, schlug ihr grünes Buch zu und verschwand.

Als Torben gegen 21:00 Uhr nachhause kam, wunderte er sich, dass es so still in Gustavs Wohnung war. Aus Sorge um den Nachbarn klingelte er, um zu erfahren, ob alles in Ordnung und warum die Ärztin nicht mehr bei ihm sei? „Es gab einen Notfall im Krankenhaus. Da musste sie ganz schnell hin. Es ist eben ein wenig dumm, wenn man in diesem verantwortungsvollen Beruf auch noch Bereitschaftsdienst hat."

„Dann ist ja gut", erwiderte Torben und: „Dann kann ich ab jetzt in Ruhe schlafen. Gute Nacht, Gustav."

Gustav nahm noch ein paar Biere und fiel dann erschöpft ins Bett. Um 7:00 Uhr wurde er jäh aus dem Schlaf gerissen, denn Frau Doktor drückte äußerst aufdringlich die Haustürklingel.

Total irritiert öffnete er die Tür und empfing sie mit den Worten: "Was wollen Sie denn jetzt schon hier, ich dachte Sie kommen erst um halb zehn?"

Wieso sollte sie erst um halb zehn kommen, wenn die Wirkung da schon nachgelassen hätte?

Sie müsse unbedingt die gesamten letzten Minuten kommentieren, um genügend Testergebnisse zusammentragen zu können. Also ab, ins Bett.

Zum Vergnügen des Testgerätes stand der Schniedelwutz immer noch seinen Mann und trug sehr erfolgreich zum Vergnügen der Vertreterin der Wissenschaft bei.

In der Nachbarwohnung wurde Torben wahnsinnig.

Das durfte jetzt aber nicht wahr sein, oder?
Wie konnte jemand nur so ungehemmt seine Lust-
schreie von sich geben. „Die müssten doch wissen,
dass es andere Menschen in diesem Haus gibt, die
ihre Ruhe haben wollen!"
Während Gustav kurz erwähnte, dass er glaubte
einen Krampf im beanspruchten Teil seines Körpers
zu bekommen und ganz dringend auf eine kleine
Pause hoffte. Doch die Anfrage blieb unbeachtet,
zumal es in dieser Region keinen Muskelkater gab,
wie die Ärztin es wissenschaftlich begründete. Also
teste sie solange weiter, bis beide Männer, also der
kleine, der am großen hing und der große, an dem
der kleine hing, in sich zusammenbrachen.

Datum	Uhrzeit	Art.-Nr.	Name
23.08.21	7:00	4711-0815	Gustav Biedermann
Bemerkung	7:15	Beginn der Festigkeitsprüfung am Probanden.	
	8:30	Versuch der Ablenkung seitens des Proband. Er vermutet Muskelkater im Genitalbereich.	
	9:18	Zusammenbruch des Probanden und des Testobjekts!	
	9:30	Beendigung der Testreihe 35-3 nach erfolgloser Bemühung beide wieder aufzurichten.	
	9:31	Artikelnummer 4711-0815 verliert ihre Wirkung um 9:18 Uhr und damit um ganze 9 Minuten zu früh!	
Ergebnis:	9:40	Noch am selben Abend werde die Testreihe 35-4 mit der Artikelnummer 4711-0816 fortgeführt.	

Enttäuscht vom Ergebnis der Testreihe verließ Ilse
die Wohnung. Sie würde aber bereits heute Abend
gegen halb sieben wieder vorbeikommen!

Ilse war abermals äußerst pünktlich, nicht zuletzt deshalb, weil sie Gustav noch einmal vergegenwärtigen wollte, wie wichtig die Sache hier für sie war. Gustav hingegen war froh, dass sein gutes Stück den ganzen Tag über Ruhe hatte und auf Normalgröße zurückgegangen war. Er war auch schon am Überlegen, ob er bei seinem Lebensmotto den Fokus nicht ein wenig mehr auf den Rock'n'Roll legen sollte, den sowohl die Drogen, als auch der Sex, selbst wenn der gerade im Dienst der Wissenschaft stattfand, zerrten doch sehr an seinen körperlichen Kräften.

Ilse indes bestand auf die Einhaltung des geschlossenen Vertrags und wies ihn an, als allererstes eine kleine dunkelblaue Tablette einzuwerfen, damit die Testreihe 35-4 pünktlich um halb acht beginnen konnte. Sie zog wieder ihren kleinen Terminplaner aus ihrer Tasche um den Beginn zu dokumentieren.

Datum	Uhrzeit	Art.-Nr.	Name
24.08.21	18:30	4711-0816	Gustav Biedermann
Bemerkung	18:40	Einnahme der Testpille und Beginn der Testreihe 35-4	

Alles in Gustav sträubte sich dagegen, dass sein Glied hart werden sollte. Er hatte noch die unzähligen Ritte seiner Testerin und seine Erschöpfung danach im Kopf. Irgendwie stand ihm der Sinn heute nicht mehr nach Sex. Dafür stand ganz plötzlich etwas anderes. War man doch davon ausgegangen, dass die Wirkung der dunkelblauen Pille erst in knapp einer Stunde einsetzen würde, so begann sein Schniedelwutz bereits nach 15 Minuten zu wachsen. „Interessant", fand Ilse, die aber weiter vermutete, dass sich noch Restbestände der hellblauen Tablette aus der Testreihe 35-1 in seinem Körper befanden, die zu dieser unerwarteten Fügung beitrugen.

Datum	Uhrzeit	Art.-Nr.	Name
24.08.21	18:30	4711-0816	Gustav Biedermann
Bemerkung	18:40	Einnahme der Testpille und Beginn der Testreihe 35-4.	
	18:55	Proband zeigt erste Reaktionen. Möglicherweise sind noch Restbestände aus Testreihe 35-1 in seinem Glied (Körper)	
WICHTIG !		Demnächst neue Testreihe zusammenstellen: halbe hellblaue plus halbe dunkelblaue Tablette.	

Mit dem Hinweis, dass sie es jetzt spüren müsse, wie die Tablette wirkt, stieg sie auf Gustav und vergnügte sich an ihm. „Unglaublich!", dachte er: "Wie ernst sie doch ihren Beruf nimmt."
Ohne Rücksicht auf irgendwelche Verluste legte sie sich dermaßen ins Zeug, das Torben in der Nachbarwohnung nach den Ohropax suchte. Dann entschied er sich aber für einen Kopfhörer, auf den er laute Musik legte, damit er die wissenschaftlichen Testgeräusche von nebenan nicht mehr hören konnte.
Ilse hatte eine enorme Ausdauer, in dem was sie da tat. Sie tat es solange, bis Gustav es nicht mehr aushalten konnte. Er schubste sie zur Seite. „Tut mir leid, aber mein Schniedelwutz kann nicht mehr. Er ist ganz geschwollen!" Natürlich war er geschwollen, das war ja Sinn und Zweck der Einnahme der blauen Pillen, gab sie zurück! Nein, er war nicht sooo geschwollen, sagte Gustav. Er war einfach nur geschwollen und zwar so, dass es richtig weh tat. Er bemühte sich einen Blick auf ihn zu werfen, auch wenn der Bauch die freie Sicht etwas behinderte. „Guck dir das doch mal an, das

ist doch eine Vorhautentzündung! Scheiße, die soll
ganz gefährlich sein!"
„Stell dich nicht so an", meinte Ilse, das ist nur
eine kleine Überlastung. Da schmierst du ein wenig
Salbe drauf und wir können weitermachen.
Nein weitermachen konnte und wollte er nicht
mehr. Irgendwie zog er aus der Nachtischschublade
einen Dildo. Da sie ja offensichtlich eine Menge
Spaß am Sex hatte, schlug er vor, doch diesen
Ersatzmann zum Einsatz kommen zu lassen, denn
schließlich hatte sie den seinen kaputt gemacht.
Diesen Vorschlag fand Ilse überhaupt nicht toll.
Sie entriss Gustav den Gummipenis und schlug ihn
ihm links und rechts um die Ohren.
So eine Unverschämtheit war ihr ja noch nie im
Leben untergekommen. Sie als anerkannte Ärztin
und Mitglied der Forschungsgruppe „Blaue Pille" so
zu kompromittieren. Das war eine Unverschämtheit
ohne gleichen. Sie schmiss den Dildo in die Ecke
und schrieb in ihr kleines grünes Buch:

Datum	Uhrzeit	Art.-Nr.	Name
24.08.21	18:30	4711-0816	Gustav Biedermann
Bemerkung	18:40	Einnahme der Testpille und Beginn der Testreihe 35-4.	
	19:37	Abruptes Ende der Testreihe 35-4 Proband beleidigt Testerin zutiefst.	
	19:40	Verwarnung an den Probanden mit dem Hinweis, dass die Testreihe morgen fortgesetzt werden wird: Vertrag ist ja schließlich Vertrag.	

Dann verließ sie die Wohnung mit den Worten:
"Und eine Entschuldigung, die erwarte ich morgen
allemal!" Für einen Augenblick wusste Gustav
nicht, was mehr weh tat: seine rot entzündete Vor-
haut oder seine beiden roten Backen?

„Leck mich doch am Arsch! Die Wissenschaft ist ganz schön anstrengend. Und die Testerinnen ja wohl auch!"

Er beschloss ein Taxi zu holen und auf ein Bier in Jupp's Stammkneipe zu fahren. Unter dem linken Auge hatte sich ein kleines blaues Veilchen gebildet, welches er nicht zum Abdecken brachte.

„Wer hat dir denn eine mitgegeben?" wollte Udo, der Taxifahrer wissen. „Das war Torben, weil du ihm erzählst hast, dass ich gesagt hätte, dass es ihm schlecht geht!" Daraufhin wurde es eine sehr schweigsame Fahrt bis zur Eckkneipe.

Nach einigen Bieren und Schnäpsen erzählte Gustav Jupp, auf was er sich da eingelassen hatte. „Und ich sag dir, das Bumsen im Namen der Wissenschaft ist ganz schön anstrengend!"

Jupp fiel nichts Besseres ein, um in der Kneipe herumzuschreien, dass Gustav auf die Nympho-Ilse reingefallen war.

„Hat sie denn noch ihr kleines Buch, in grünem Samt eingefasst?" rief jemand von anderen Thekenende rüber. „Ich war die Testreihe 27-1 bis 27-6! Wie lange hast du es denn ausgehalten?"

„Kümmere dich nicht um den, das ist ein Angeber! Ich war übrigens Testreihe 16-1 bis 16-9 und 17-1 bis 17-9. Woher denkst du denn, bekomme ich meine ganzen Tabletten her? Ilse und ich haben uns geeinigt, hin und wieder ein kleines Geschäft miteinander zu machen. Aber das behältst du für dich!"

„Ja, das behalte ich für mich. Schönen Dank übrigens dafür, dass sich die ganze Kneipe mit mir über Ilse unterhalten hat!"

„Keine Ursache," gab Jupp zurück: „Jeder hier weiß, dass sie eine Nymphomanin ist und ihren Trick bereits seit einigen Jahren immer wieder erfolgreich anbringt!"

Der Blues

Es traf Gustav tief, tief in seiner Seele. Er hatte geglaubt, dass Ilse auf ihn abfuhr, weil er so ein toller Mann mit außergewöhnlichem Standvermögen war. Doch nun musste er erfahren, dass sie eigentlich auf alle Männer stand bzw. unter ihnen lag. Das stellte sein Selbstbewusst auf eine harte Probe. Der Blues breitete sich um ihn herum aus. Der tiefste Blues, den er je in seinem Leben erfahren hatte. Was gab es da noch zu überlegen?
Er nahm noch ein paar Biere und gab eine Runde Schnaps an alle Teilnehmer einer Testreihe von Ilse aus. Da die anderen aber eine ganze Zeit vor ihm auf sie reingefallen waren, konnten sie ihm Trost zuteilwerden lassen. Am Ende war sich die Runde einig, dass Saufen immer ginge!
Zuerst dachte Gustav daran den Vertrag mit Ilse fristlos zu kündigen. Dann fiel ihm ein, dass die dunkelblaue Tablette noch gut 30 Stunden wirken sollte. Also beschloss er, ihr es erst in zwei Tagen zu sagen, dass er ihr auf die Schliche gekommen war. Denn es wäre doch eine große Verschwendung, wenn er nur so mit der Latte rumrennen würde, ohne seinen Spaß dabei zu haben.
Dann dachte er darüber nach, ihr gar nichts zu sagen und eine weitere Testreihe anzustreben. Als jedoch sein Blick im Spiegel auf sein Veilchen fiel, war er der Meinung, dass sie ihn gar nicht verdient hatte. Und so geschah es, dass er an den nächsten zwei Tagen noch mal richtig Spaß mit ihr hatte. Doch selbst als sie feststellte, dass auch die zweite Testreihe mit ihm nicht erfolgreich war, weil die Wirkung der Tablette bereits 21 Minuten vor dem erwarteten Ende ihre Wirkung verlor, blieb er, Gustav, hart. Er entließ sich aus ihrem Vertrag und beschloss sich der Musik zu widmen!

Ein paar Tage später begegnete Torben ihm im Hausgang, als er seine neu gekaufte Gitarre nach oben in die Wohnung bringen wollte.

„Du wirst doch keine Hausmusik machen wollen, Gustav. Da bekomme ich ja überhaupt keine Ruhe mehr. Ständig das Gestöhne deiner Weiber und jetzt auch noch Gitarrenmusik. Du bist doch viel zu alt zum Gitarre spielen!"

„Hör mir bloß auf mit deinem „du bist doch viel zu alt". Immerhin lege ich hier noch reihenweise Frauen flach, wie du ja ständig hörst!"

„Das schon, aber auch nur weil du darin Übung hast, das machst du ja schon dein ganzes Leben lang! Aber so eine Gitarre, die ist noch einfühlsamer als eine Frau. Zudem muss man da die richtigen Töne treffen und das ist zum Beispiel etwas das du heute immer noch nicht beherrscht. Du wirst niemals ein Jimi Hendrix werden, auch wenn du dich beim Üben noch so schwarzärgerst!"

„Ach lass mich doch in Ruhe! Du bist nur eifersüchtig, weil ich ständig aktiv bin und mir immer neue Dinge einfallen lasse, die mein Leben bunt und lebenswert machen!"

„Du solltest lieber Zitter spielen du alter Tattergreis! Da brauchst du nur die Hand aufs Instrument zu legen, dann spielt das schon von selbst!"

So ein Idiot, dachte Gustav, als er die Tür ins Schloss fallen ließ. Als er die Gitarre auspackte, stellte er fest, dass die Saiten ziemlich locker auf dem Gitarrenhals auflagen. Er drehte ein wenig an den Wirbeln, um sie zu stimmen. Doch wie sollte jemand eine Gitarre stimmen, der vorher noch nie eine in der Hand gehabt hatte? Immer wieder drehte er an den Wirbeln, doch immer hatte er das Gefühl, dass sie einfach nur schlecht klang.

Bei einem weiteren Versuch zog er die hohe E-Saite so feste an, dass sie riss.

„Schiet, jetzt habe ich sie kaputt gemacht!", entfuhr es ihm. Er stellte sie in die Ecke hinter dem Plattenregal, wo sie von nun an für immer und ewig stehen blieb.

Dann kramte er in seiner Plattensammlung rum und fand die Beatles mit „While my guitar gently wheeps". Gerade zum Trotz drehte er die Anlage so laut auf, bis Torben gegen die Wand klopfte und schrie: "Ich weiß, dass das die Beatles sind! Geh mir mit deinem Rock'n'Roll nicht auf die Nerven!"

Um weiteren Streit zu vermeiden dreht er die Musik leiser. Er holte sich noch ein Bier aus dem Kühlschrank. Als nächstes legte er „Cream" mit „I feel free" auf und bildete sich ein, frei wie ein Vogel zu sein. Dann folgte „Empty rooms" von Gary Moore und seine gute Laune war verflogen. Er musste an Johanna denken, von der er schon lange nichts mehr gehört hatte.

Vielleicht sollte er sie an ihre Worte erinnern: „Nach so viel Ehrlichkeit und beruhend auf der Tatsache, dass die beiden sich schon so lange kannten, schlug Johanna vor, es in ein paar Tagen noch einmal zu probieren, denn möglicherweise läge es nur daran, dass beide etwas aus der Übung waren."

Denn immerhin hatte er in den zurückliegenden Tagen richtig trainiert und war nun nicht mehr aus der Übung. Sie könnten es doch noch mal unter seiner Anleitung probieren!

Doch dann fiel ihm wieder ein, dass er bei seinem Lebensmotto die Gewichtung zu Gunsten des Rock 'n'Rolls verschieben wollte. Also unterlies er es, bei Johanna anzurufen. Sein Blick fiel auf die Gitarre und er musste Torben Recht geben. Seine alten Knochen waren nicht mehr so geschmeidig, wie sie es zum Gitarrenspiel hätten sein müssen.

Und wenn es sich herausstellte, dass es bereits beim Stimmen große bis unüberwindbare Probleme gab, dann wäre eine Zitter möglicherweise doch das richtige Instrument für ihn.

Nein, um ein Instrument zu erlernen war er wahrscheinlich doch schon zu alt. Außerdem würde es sehr viel Zeit in Anspruch nehmen. Zeit, die er nicht mehr hatte, denn seine Monde wurden immer weniger.

Er nahm noch ein Bier und beschloss mal wieder auf ein richtiges Rockkonzert zu gehen. Das könnte er noch, allemal! Vielleicht würde er Johanna dazu einladen. Und anschließend könnte man dann ja mal wieder mit Schwung in die Kiste hüpfen.

Er schlug die Tageszeitung auf, um zu sehen, ob es ein Konzert in seiner Nähe gab. Beim Überfliegen der Seiten entdeckte er unter den Todesanzeigen Johannas Namen. Er hatte es wirklich nicht mitbekommen, dass sie gestorben war. Plötzlich war sie nicht mehr da. Der Blues machte sich in seinem Zimmer breit. Er war sehr traurig darüber, dass seine langjährige Freundin von dieser Welt gegangen war. Und es wurde ihm abermals bewusst, dass er der nächste sein konnte.

In seiner Erinnerung sah er Johanna, wie sie ihn in ihr Schlafzimmer zog. Wie sie getreu seines neuen Lebensmottos ein paar glückliche Stunden mit ihm verbracht hatte und durchaus bereit war sein Motto zu dem ihrigen werden zu lassen. Und so hörte er sie sagen: „Lass dich auf neue Sachen ein, Gustav: „Drogen, Sex und Rock'n'Roll und dann mit Schwung ab in die Kiste!" Er nahm ein weiteres Bier aus dem Kühlschrank, trank auf sie und murmelte: "Ja, ich glaube, dass du sexy bist!"

Johanna war beim Wechseln einer Glühbirne
von der kleinen Stehleiter gefallen. Sie schlug so
unglücklich mit dem Kopf auf den Wohnzimmer-
tisch auf, dass sie bewusstlos liegen blieb. Und weil
sie alleine lebte, hatte sie niemand gefunden.
Sie musste wohl ein paar Tage in ihrer Wohnung
gelegen haben, bis ein Nachbar darauf kam, dass
man sie schon länger nicht mehr gesehen hatte.
„Seht ihr", meinte Gustav am darauffolgenden Tage,
als er sich in seiner Trauer bei Volker betrank:
"Seht ihr, so ist das Leben. Im Prinzip kannst du
es dir einrichten wie du willst. Du kannst drauf
los leben und alles mitmachen, was das Leben an
Abwechslung und Schönheit für dich bereithält.
Oder du versaust es dir durch den Wahn immer
schlank zu sein, isst kein Fleisch mehr, hungerst
dich beinahe zu Tode, nur um den Vorgaben einer
kranken Gesellschaft Genüge zu tun. Du lebst so
gesund, wie du nur irgendwie kannst und dann,
dann kommt der Tag, an dem du eine Glühbirne
auswechseln willst! Und dann, geht dabei dein
Licht für immer aus. Es ist gerade so wie im richtigen Leben. Du willst dir was Gutes tun und am
Ende kommt nur Frust und Einsamkeit dabei
heraus!"
Sie war eine gute Frau, auch wenn sie der Meinung
war, dass er in seinem Alter nur noch den Blutdruck nach oben bekam. Er würde sie und ihren
stets gefüllten Kühlschrank mit dem kalten Bier
und die Sexspiele, auch die bei denen sie Abstriche
machen musste, vermissen.
Plötzlich saß Ilse neben ihm. Sie schob ihm ein
Schnapspinnchen rüber und meinte: „Auf Johanna!
Und: Nicht lang schnacken, Kopp in Nacken!"
Mit einem Zug leerten sie die Gläser.
Kaum hatte Gustav das Glas auf der Theke abgestellt schob sie ein zweites zu ihm rüber: "Sind wir

wieder gut?"

Ja, sie waren wieder gut. Was soll's auch, so ein
kleines Veilchen. Und dass sie Nymphomanin
war, dafür konnte sie nichts. Jeder Mensch hatte
schließlich seine Macken und Gebrechen. Und weil
sie es gezwungenermaßen mit jedem trieb, dafür
konnte sie auch nichts - Krankheit ist halt Krankheit, selbst wenn sie Ärztin war. Immerhin wusste
er durch sie, dass er keine komischen Krankheiten
hatte und keine Gefahr für seine Mitmenschen,
hauptsächlich für die weiblichen, war.

Und da jede Sache auch ihre gute Seite hatte, fand
sich eine kleine Traube von ehemaligen Testpersonen um Ilse ein und trauerte mit Gustav um seine
Johanna. Volker, der Wirt hatte schon recht: hier
waren sie eine große Familie und weil er gut im
Runden schmeißen war, gab er auch noch eine aus.
Am Ende waren sich alle einig, dass sie Johanna
schön und schön unter die Erde gesoffen hatten.
Ilse hackte sich bei Gustav ein und ließ Volker ein
Taxi bestellen. Beim Rauslaufen aus der Kneipe
zwinkerte sie ihm zu: "... um der alten Zeiten
Willen!" Udo, der Taxifahrer sagte nur kurz. "Tut
mir leid, wegen Johanna!" und fuhr sie beide unge-
fragt zu Gustavs Wohnung.

An diesem Abend waren die beide zu betrunken um
noch Sex zu haben. Ilse schmiegte sich an Gustav
an, er schlug seine Arme um sie und so schliefen
sie auch gleich ein. „Auch nicht schlecht", fand
Gustav: "Es muss nicht immer Sex sein! - So ein
bisschen Kuscheln hatte auch was!"

>>> Und es ist schön, wenn sich die Menschen
wieder vertragen. Und es ist schön, wenn sie sich
verzeihen können. Und es ist schön, wenn sie sich
aufeinander einlassen. Und es ist schön... <<<

Er nahm Ilse noch ein wenig fester in den Arm und
dachte: "Was für ein komischer Traum!"

Rock'n'Roll

Nach einem gemeinsamen Frühstück verabschiedete sich Ilse von Gustav. Sie hätte die nächsten zwei Wochen keine Zeit für ihn, irgendwas Wissenschaftliches war zu erledigen. Aber man könnte sich ja so unverbindlich ab und zu mal wieder treffen. Das fand Gustav auch und überlegte, wie er den heutigen Tag verbringen wollte. Doch zunächst ging er zurück ins Bett, denn der gestrige Umtrunk zu Ehren von Johanna, saß ihm noch tief in den Knochen.

Am Nachmittag rief er Jupp an, um mit ihm um die Häuser zu ziehen. Sie wollten sich um halb acht an der Trinkhalle in der Nähe der Sportsbar treffen, in der sie so unglaublich skrupellos abgezockt wurden.

Als Gustav am Kiosk eintraf hatte Jupp bereits zwei Bier besorgt und sie tranken auf den Beginn eines tollen Abends. Er fand es toll, dass Gustav sich wegen des Todes von Johanna nicht hängen ließ und sich getreu seines Mottos auf seinen eigenen Sprung in die Kiste vorbereitete.

Sie hatten gerade zwei Schluck aus der Flasche genommen, als sie auf der gegenüberliegenden Straßenseite Catweazle und den Bombenleger laufen sahen. Schnell reichten sie Irmgard, der Kioskbesitzerin die beiden Flaschen Bier in den Verkaufsraum. „Stell die bitte mal kalt für uns, wir haben was zu besorgen und kommen danach wieder hier her!", meine Gustav. Flugsen Schrittes waren sie auch schon drüben bei den beiden Abzockern. „Na, Lust auf ein Spielchen?" fragte sie Jupp. „Na klar, gegen euch beiden doch gerne. Da gibt es immer fette Beute", meinte der Bombenleger.

Die zwei hatten wohl nicht bemerkt, dass Jupp und Gustav heute noch nicht viel getrunken hatten.

Außerdem fühlten sie sich beide ausgesprochen gut, denn sie hatten einen ausgedehnten Mittagsschlaf hinter sich!

Der Besitzer der Sportsbar war überrascht, dass er die beiden schon wieder hier traf. Die hatten ja Nerven! Obwohl er sie bereits zweimal rausgeschmissen hatte, kamen sie einfach immer wieder! „Halt einfach nur deinen Mund und gib uns die Spielutensilien raus. - Aber die guten!" sagte Jupp, der genau zu wissen schien, was die Pappnase da hinter dem Tresen dachte.

Catweazle legte zwei Mal zweihundert Euro auf den Billardtisch: „Da habt ihr gleich mal eine gute Chance einen Teil eures Geldes wieder zurück zu gewinnen!"

Das war den beiden Recht und so legten auch sie vierhundert Euro dazu. Gleich beim ersten Stoß merkte Jupp, dass er heute gut in Form war. Es fiel direkt eine „volle Kugel" ins Seitenloch. Er spielte lieber mit den „vollen Kugeln", die sahen harmonischer aus, wie er fand. Er konnte noch eine weitere versenken, bevor das Spiel an die Gegner ging. Catweazle verwandelte auch gleich zwei Kugeln bevor er das Spiel an Gustav abgeben musste. Dem gelang gleich ein super Auftaktschlag, der drei weitere Kugel in die Seitentaschen verschwinden ließ. Somit lagen nur noch zwei „volle Kugeln" auf dem Tisch. Auch die versenkte er ganz elegant, sodass seine Gegner große Augen bekamen! „Und die schwarze ins Loch gegenüber - oder habt ihr schon wieder neue Regeln?" Nein, sie hatten keine neuen Regeln und da die schwarze Kugel äußerst günstig für Gustav lag, verwandelte er auch diese in die richtige Tasche. „Anfängerglück", meinte der Bombenleger: "Revanche?"

Natürlich gab man ihnen eine Revanche.

Jupp legte zwei Mal dreihundert Euro auf den Tisch, was Gustav nicht zu gefallen schien.

„Was hast du zu meckern, Alter, wir haben euch auch die Chance gegeben euer Geld wieder zurückzugewinnen." Nun das stimmte und so lagen nur sechshundert Euro auf dem Billardtisch. Jupp durfte anspielen. Er legte all seine Kraft in den Stoß, obwohl Gustav immer behauptete, dass Billardkugeln sensibler als Frauen wären. Aber bei diesem Spiel durfte man durchaus mit der Stärke seines Stoßes jonglieren. So waren gleich drei „halbe Kugeln" seine Ausbeute, bevor die weiße Kugel ebenfalls in eine Tasche fiel und das Anstoßen an die Gegner ging.

Catweazle brachte das Kunststück fertig, eine todsicher geglaubte Kugel nicht in der Tasche unterzubringen und so war Gustav am Spiel. Geradezu aufreizend sanft schob er die Kugeln über den Billardtisch. Er war nun eins mit dem Spiel und versenkte alle seine Kugeln in die Taschen. Am Ende gelang ihm ein Stoß über drei Banden, der die schwarze Kugel ebenso sanft, wie die vier andern davor, in die richtige Tasche schob.

Mit der Frage: „Noch ein Spielchen?" wandte er sich an seine beiden Gegner. Die wollten aber nur noch um zweimal einhundert Euro spielen, da ihr Geldbeutel nicht mehr hergab. Am Ende des dritten Spiels drückte Jupp ihnen zwanzig Euro in die Hand, damit sie sich noch irgendwo ein Bier kaufen konnten. Denn sie hatten auch dieses verloren. Die beiden waren bedient, entpuppten sich aber als faire Verlierer und gratulierten den beiden alten Säcke zu deren Sieg.

„Hast du gesehen, Pappnase? So spielt man Billard! Und den Weg nach draußen finden wir auch alleine!" frotzelte Jupp noch beim Herauslaufen.

Wieder am Kiosk angekommen streckte Irmgard ihnen das angefangene Bier entgegen: "Und Glück gehabt?" Nein, Glück hatten sie heute keins gehabt, sie hatten nur sensationell gut gespielt! Irmgard drehte den Radio etwas lauter. „We are the champions" von Queen, drang auf die Straße hinaus. Ja, das waren sie und - darauf mussten sie gleich noch ein weiteres Bier nehmen.

Irgendwann meinte Jupp, dass man zur Feier des Tages doch noch mal eben schnell ins Puff gehen könnte, denn schließlich hatten sie so viel Geld gewonnen, dass es für die netten Mädchen auch noch reichte. Keine schlechte Idee fand Gustav, aber da gab es noch ein klitzekleines Problem. Man sollte sich ja vor den Damen nicht blamieren. „Das stimmt", stimmte Jupp ihm zu: „Ich habe noch ein paar kleine Tabletten hier, die könnten wir kurz einnehmen und dann los."

„Die Wirkung setzt doch erst in einer halben Stunde ein und dann sollte man auch noch stimuliert werden!"

„Mach dir da mal keine Gedanken. Du und ich wir nehmen jeder eine halbe von der dunkel- bzw. hellblauen und schon geht's los!"

„Aber diese Mischung wollte Ilse doch zuerst an mit testen", setzte Gustav an, als ihm auffiel, wie Jupp seine Augen verdrehte. Ach ja, das mit Ilse, das war ja alles nur eine einzige Lüge.

Also vertraute er seinem Freund, warf die beiden halben Pillen ein, bestellte dennoch schnell zwei Bier und zahlte. Und tatsächlich, er hatte das Bier noch nicht ganz ausgetrunken, regte sich etwas in seinem Schritt. „Und stimuliert wirst du schon werden, da kannst du einen drauf lassen!"

Mit einem „Ach, welch Überraschung!", empfing sie Udo, als er die Türe des Taxis von innen öffnete: „Zwei mir wohl bekannte Herrschaften sind mal

wieder auf der Pirsch. Ich denke, dass ich euch in die Bahnhofstraße 69 fahren soll?"
„Tu nicht so sau gescheit, sehen wir aus als ob wir schon nachhause wollten?"
Nein, so sahen sie nicht aus.
Überschwänglich berichteten die beiden von ihrem wahnsinnigen Erfolg im Billardspiel, während im Autoradio „Highway to Hell" von ACDC lief.
„Denen beiden haben wir es aber so richtig gegeben! Und den Mädels werden wir es ebenso richtig geben!"
Na, klar dachte Udo und setzte sie vor dem roten Haus mit der Nummer 69 ab: „Viel Spaß ihr zwei. Ich würde ja glatt mitgehen, habe aber heute Nachtschicht. Vielleicht hole ich euch später wieder ab!"
Sie hielten sich nicht lange am Empfang auf. Nach einem kurzen „Hallo Jupp, wem bringst du uns denn heute mit?" hatten sich zwei junge Damen in die beiden eingehakt und führten sie direkt ins Separee. Gustav wähnte sich weiterhin in Höchstform. Genauso zielstrebig wie am Billardtisch versenkte er das Ding, mit dem man Sex machte, eins ums andere Mal. Désirée, so hieß seine Liebespartnerin war überrascht, dass ein alter Sack wie er, noch so viel draufhatte. „Vielleicht sollten wir zwischendurch mal ein Gläschen Sekt trinken, bot sie ihm an. Nein, das wollte er nicht, denn schließlich könnte jemand im Nachhinein behaupten, dass er nur seinen Blutdruck hochbrachte. Und dass das nur am Sekt lag.
Aus einem anderen Separee schrie Jupp rüber: "Na Gustav, wie gefällt dir das?" Er hasste ihn dafür, immer musste er alles öffentlich machen! Desiree hob anerkennend den Daumen. Ihr schien es zu gefallen. „Passt schon!", rief Gustav zurück.
Ja, irgendwie schienen die beiden zusammen zu

passen. Also zumindest unterhalb der Gürtellinie. Welch hübsches Ding, dachte er und begann wieder, getrieben von seiner großen Lust, mit ihr Billard zu spielen.

„Hey", entwich es ihm. Das war nun wirklich Rock'n'Roll! Er bumste sich förmlich in einen Rausch, während Désirée überlegte, wie sie die Wand in ihrer Küche zuhause streichen sollte. Gustav bemerkte nicht, dass sein Blutdruck auch ohne den Genuss von Sekt in die Höhe schlug. Ihm schien nun alles egal zu sein: „Was für ein geiles Zeug hatte ihm Jupp da nur wieder verpasst!" Gerade als er merkte, dass er kurz vor einem Orgasmus stand, merkte er überhaupt nichts mehr! Desiree wusste zu berichten, dass er einfach so, über ihr zusammengebrochen war. Das musste ein Sekundentod gewesen sein, vermutete sie, weil es keinerlei Anzeichen dafür zuvor gegeben hatte. Irgendwie war da so viel Schwung drin, in seinen Bewegungen, dass sein Herzschlag nicht mehr mit-halten konnte. - „Was für ein wunderbarer Tod!" Jupp war begeistert. Hatte der alte Haudegen Gustav es doch genauso hinbekommen, wie er es geplant hatte.

Drogen, Sex und Rock'n'Roll und mit Schwung ab in die Kiste! Und in irgendeiner Kiste wartete Johanna schon auf ihn! Schnell und unkompliziert fuhr der Leichenwagen vor und nahm Gustav mit. Als Udo die beiden abholen wollte und nur Jupp am Treffpunkt stand, fragte er ihn, wo denn Gustav sei? „Der hat ein anderes Transportmittel genommen, eins ohne Rückfahrschein!"

„Ist der echt im Puff gestorben? - Ist ja geil", meinte Udo. „Ach übrigens, Jupp, ich gehe auch bald in Rente. Und nun, da unser Freund verstorben ist, hättest du für mich nicht auch von diesen kleinen blauen Pillen? - Oder die Telefonnummer von Ilse?"

Nachruf

Und am Ende fällte ihn der Tod, wie der Sturm eine morsche Esche fällt. Gerade noch mit allen Gliedern und Sehnen seines Körpers voll im Leben stehend und in der nächsten Sekunde schlaff und tot!

Liebe Gemeinde, wir trauern hier um Gustav Biedermann. Einen Menschen der im Leben sehr viel gab. Selbst im Angesicht des Todes teilte er sein letztes Hab und Gut mit bedürftigen Frauen, denen es an Farbe mangelte, um ihre Küche zu streichen. Er blieb bis ins hohe Alter, gleich seines Hosenladens, offen für alles Neue, dass sein Leben aktiv und spannend machte.
Wir denken nicht zuletzt an die Tabletten, die er zu sich nehmen musste, um diese Spannung halten zu können. Demütig nahm er sie hin und ein, diese kleinen Pillen, um seiner Krankheit, dem Don-Juan-Komplex Herr zu werden.
Wir denken an seinen selbstlosen Einsatz im Dienst der Wissenschaft und daran, dass er jedem zu trinken gab, der es nötig hatte.
Wir denken daran, wie er zu verzeihen wusste, selbst dann, wenn ihn die Dinge schwer zusetzten, die man ihm um die Ohren gehauen hatte.
Wir denken daran, dass er selbst in der größten Niederlage Größe zeigte, die aber leider ab und zu, zu spät kam oder letztendlich nicht groß genug war.
Wir denken an seine Liebe zur Musik und seiner Fähigkeit Dinge schön zu trinken, selbst wenn am Ende Kopfschmerz und Kater die Folge waren.
Wir denken an einen Mann, der ein volles Leben führte und wenn es drohte leer zu werden, er es immer wieder mit Lebenslust zu füllen vermochte.
Wir denken an einen alten Mann, der es nicht wahrhaben wollte, dass er tatsächlich alt war!

Weitere Bücher von Jürgen Bahro

Jürgen Bahro
Jahrgang 1955

Mörder (-macher)
Gedanken eines entsorgten Vaters
ISBN-13: 9783837020786

57 Stunden
Reisebericht eines Flugangsthasen
ISBN-13: 9783844801842

Neue Ufer
Das Bodensee-Schiffer-Patent miterleben!
ISBN-13: 9783741275012

furchtbar sensationell
Wir gehen ein Teilstück des Europawegs E5 von Rovereto
nach Verona
ISBN-13: 9783750417809

45 Kurzgeschichten
Geschichten und Gedanken aus meinem Leben
ISBN: 9 783751 904834

Pietätlosigkeit

Es ist möglicherweise pietätlos, über Dinge zu schreiben ohne eine erkennbare Achtung vor diesen Dingen gewahr werden zu lassen.
Es ist natürlich pietätlos sich über Menschen lustig zu machen ohne Rücksicht auf dessen Gefühle.
Doch ich sehe genau in dieser Pietätlosigkeit die Chance mein Leben einfacher zu gestalten.
Das zu tun, was offenbar verboten ist, hilft mir die verbissene Ernsthaftigkeit und den Wahnsinn meines Lebens auf dieser Erde zu ertragen.
Warum soll ich nicht mehr Negerkuss sagen dürfen?
Warum nicht, wenn alles an diesem Wort mich mit schönen Erinnerungen füllt. Wie herrlich schmeckt denn so ein Negerkuss? Wie raffiniert wurde er hergestellt. Ich muss bei seinem Genuss darauf achten, dass mir die Schokoladenstückchen nicht aufs weiße Hemd fallen. Kann mit meiner Zunge eintauchen in die weiche süße Füllung! Höre das Knacken der Waffel beim letzten Biss und weiß genau, dass ich noch einen vernaschen möchte!

Warum muss ich mich Deutscher rufen lassen, wenn der Fluch vergangener Jahre an diesem Wort haftet, wenn das Blut von Millionen Menschen daran klebt. Viel lieber wäre ich doch da ein Neger-kuss!
Genauso lieb wäre es mir, ein Zigeunerschnitzel zu essen. Mit dieser herrlichen bunten Soße. Mit der Vielfalt seiner Zutaten, die an die bunten Farben der Kleidung von rassigen Zigeunerinnen erinnern. Die das farbenfrohe Meer ihrer Freiheit widerspie-geln.
Und genauso ist es auch mit diesem Buch.
Nein, ich möchte mich nicht über alte Menschen

lustig machen. Nein, ganz im Gegenteil. Auch ich
bin in einem Alter, in dem viele meiner Freunde
bereits tot sind.
Auch mich wird das Schicksal aller anderen einmal
einholen. Auch ich werde sterben.
Doch vorher werde ich alt. Und so mache auch ich
mir Gedanken, wie ich mit diesem Alter leben kann.
Und aus meiner Erfahrung weiß ich, dass das
Leben dann etwas leichter wird, wenn es mir ge-
lingt, die Ernsthaftigkeit einer Sache so klein zu
halten, wie es eben nur geht.
Und um dieses Ziel zu erreichen, ist die Pietätlosigkeit ein gutes Hilfsmittel. Man muss ihr nur den
richtigen Stellenwert geben. Ich stelle sie zuweilen
auf eine Stufe mit Humor, nun ja, manchmal auch
mit schwarzem Humor. Aber was sollt's: Dinge über
die ich lachen kann, tun längst nicht mehr so weh!

Und Dinge, die mir Freude und ein gutes Gefühl
geben, helfen mir das Leben besser zu ertragen.
Und wenn ich von einem Negerkuss spreche, dann
hat das eine ganz andere Gewichtung als die, wenn
es ein Mensch sagt, der einen Neger damit beleidi-
gen will.
Es kommt immer auf den Standpunkt an!
Also nehme ich mir das Recht heraus, über Impo-
tenz, Tod oder Sexsucht zu schreiben, ohne jemanden damit wehtun zu wollen. Ich versuche auch
diesen Themen, die für manche Menschen sicherlich eine große Belastung sind, die Verbissenheit
und Schärfe zu nehmen. Ich schreibe darüber zum
Zwecke der Unterhaltung. Und das ohne jeden
beleidigenden Hintergrund! So will ich auch dieses
Buch verstanden wissen. Ein Ausschnitt aus einem
Leben, so wie es jeden von uns treffen könnte.

Inhaltsverzeichnis

Vorwort   1

Es kommt eh, wie es kommt!   2

Sorge   3

Impressum   4

Hammerhart   10

Harte Droge   14

Höchstform   20

Porno-Darsteller   24

Risiken und Nebenwirkungen   30

Auf eigene Verantwortung   34

Verwirrung im Parkhaus   38

Coole Weiber im Fitnessstudio   42

Falsch verbunden   50

Saufen geht immer   54

Selbstbefriedigung   60

Basketball   64

Physische und psychische Probleme   70

Im Dienst der Wissenschaft   74

Wissenschaft strengt an!   80

Der Blues   88

Rock'n'Roll   94

Nachruf   100

Weitere Bücher von Jürgen Bahro   101

Pietätlosigkeit   102

Inhaltsverzeichnis   104